○ 当代藏族女作家散文自选丛书

走出巴颜喀拉

ZOUCHU BA YANKALA

严英秀 著

青海人民出版社

图书在版编目（CIP）数据

走出巴颜喀拉 / 严英秀著 . -- 西宁：青海人民出版社 , 2021.1
（当代藏族女作家散文自选丛书）
ISBN 978-7-225-06072-9

Ⅰ . ①走… Ⅱ . ①严… Ⅲ . ①散文集－中国－当代 Ⅳ . ① I267

中国版本图书馆 CIP 数据核字 (2020) 第 218902 号

当代藏族女作家散文自选丛书

走出巴颜喀拉

严英秀　著

出 版 人	樊原成
出版发行	青海人民出版社有限责任公司

西宁市五四西路 71 号　邮政编码：810023　电话：（0971）6143426（总编室）

发行热线	（0971）6143516 ／ 6137730
网　　址	http://www.qhrmcbs.com
印　　刷	陕西龙山海天艺术印务有限公司
经　　销	新华书店
开　　本	850 mm × 1168 mm　1/32
印　　张	9.125
字　　数	160 千
版　　次	2021 年 4 月第 1 版　2021 年 4 月第 1 次印刷
书　　号	ISBN 978-7-225-06072-9
定　　价	46.00 元

目　录
Contents

格桑拉姆是一支情歌

即使在现在，我还是会每每遭遇自小一路被质疑不绝的问题：你是藏族人，怎么会是一个这样的名字？你有藏族名吗？甚至于由名疑人：你恐怕不是真的藏族人吧？

通常情况下，面对这种真诚的质疑，我都会无奈作答：我确实是纯血统的藏族人，而且我的家乡就是在21世纪的今天，也还是一个极端排斥与异族通婚的顽固部落。中国藏族的文化和它所在的地理一样，比一般人想象中的更广袤博大，更丰富多样——我恰好出生在一个气候宜人的、被称为"藏乡江南"的地方，那里属低海拔的农耕区，那里的藏人恰好有"汉姓"，事实上，不仅有汉姓，而且有和汉人一样严格的姓氏观。"姓"

关乎宗族声誉荣耀，马虎不得的。

这真是一种创伤性体验：一个人不断向外界解释自己的姓名，辩白自己的身份。关键是，许多人听了，不失礼貌的微笑里依然保留着狐疑的目光。于是，心累，慢慢也就三缄其口，不到非说明不可的场合便不替自己做说明。2017年，有一个面向海外的出版机会，但出版社要我的署名"民族化"，说这样更有辨识力，市场销售会更好，最终因为我拒绝了"改名换姓"的建议，未能达成合作。沮丧时也想过，这据说是来自唐代皇帝御赐给部族的姓，简直就像一件来历不明的衣服，这样牵牵绊绊穿它半生，哪比得上简简单单躲进"卓玛""扎西"的庇护，不必再浪费自己和别人的心神？

想必不是我一个人有这样"不幸"的经历。从我们那个地方走出来的人，走得越远，为此受到的困扰会越多。我的二侄子，便是在读完大学，读完硕士、博士在北京参加工作后，给自己另起了一个很响亮的藏名。我的女友，一个大学中文系的副教授，人到中年后也开始在公开场合使用藏名。一个藏人，有血脉传承，有民族感情，有文化认同，却还是不够的，这一切的外面，须得一个藏名的加持。

我当然是有自己的藏名的。我出生于一个纯藏语的世界。

母亲唤我的第一声是母语，我在那呢喃如歌的美妙之声中蹒跚学步，之后，一步步走向外面的世界。我走了这么久，我已经历了许多种语言，我已习惯了南腔北调充斥在我的日常中。甚至有时候，当我在都市的街头，在工作的环境中，猛地接听亲人的电话时，藏语的某些词汇和表达明明盘旋在脑海中，却莫名地卡在喉咙里，吐不出来。这样的时刻并不是太多，但它就像一种饶有意味的暗示，使我警醒。但我知道，余生无论还要经历什么，当有一天，我离开这个世界，我说的最后一句话，定然是母语。甚至，当我已经不能够再开口，停驻在弥留之际的散乱的思维，毋庸置疑也是用母语进行的。

遗憾的是，在生活中我流利地交替使用藏汉双语，但提起笔来却不能。多么失败，我是一个藏语文盲。我在20世纪80年代初就读的小学，尚未来得及开展藏语教学。藏家小孩到了该上学的年龄，面临的第一件大事就是让家长和老师取一个"官名"，以示人生的起跑线由此开始。而我的"官名"，是更早时在给姐姐取名时就一并安顿下来了。

那时候，不知道自己那个母语的乳名，是多么美好。后来，一天天懂得了，却再也回不去了。生性疏淡，却又罣，不想通过户口本、身份证这些坚硬的物质和程序，去修正一个名字符码，向褊狭的外界"自证清白"。那个名字，就让它温柔地回响在我的私人领域，就让它是母语的后花园，我心灵的一片露草地。就让它，陪伴着母亲，永远地属于我那青葱如画的故乡吧。

亚东的歌里唱"你有一个花的名字，美丽姑娘卓玛啦"，其实不光"卓玛"，我们藏族女孩多是听上去极好的名字。我留心过一些惯用的名字，在西藏，两字或四字的名里带"珍"字的似乎多一些：央珍、曲珍、玉珍、娜珍、边珍，等等；在安多牧区，到处都是"三叶草"：拉毛草、德吉草、班玛草、钟格草、丹珍草；我们老家，似乎更喜欢"措"和"曼"：周措、雍措、兰措、金科措、珠姆措，而我和我的阿妈、姐姐、大嫂、众多的发小一样，都属于"曼"字辈。至于旺姆、卓嘎、梅朵、央金，这些吉祥美丽的名字，就像花一般、星一般撒满了青藏高原的每一片草场农区，每一条河流山川。

我上高中是在自治州的第一中学，在那里第一次结识到许多来自草原的藏族同学。他们一眼看上去就和我不一样，黝黑的肤色，两颊上的"高原红"，以及纯正的藏族化的名字。起初我在他们那里无可逃避地受到了身份质疑，但很快得到了认可、接纳。我们在一起唱歌、跳舞，分享从家里带来的美食，他们的是酥油、糌粑、牦牛肉干，我的是苹果、石榴、核桃、柿饼等。我至今记得他们是怎么轮番上阵鼓励我吃下那风干的生肉，而当他们掰开石榴时，惊喜连同那鲜美的汁液四下迸溅。那是我们彼此的第一次。就是从那个时候开始，我们对自己民族"文化"的多样性有了最浅显的认识。

但终究，我的内心是有着隐隐的自卑的，因为姓名。

1995年，在我最后的大学时代，我认识了学藏文的女孩桑吉草。她有乌黑的鬈发，清澈的眸子，她的藏服绚丽又雍容。她正在热恋中，她的男友是叫万得才让吧，高高瘦瘦的，穿着靴子，每个周末骑着摩托车从几百公里之外来见她。桑吉草满足了我对藏族女孩的全部想象。但她却跟我说，人家都说藏族人会说话就会唱歌，藏族人正是你这样的，我好羡慕你！那大概是第一次，我作为一个"藏族人"被人羡慕。于是，为了回报，我常常在她耳边高歌"我最亲爱的桑吉卓玛，你是远方飞来的小鸟……"她听烦了，便会笑骂："情歌不要你唱给我嘛，我要听万得才让唱。"

就是和桑吉草相处的那一段日子里，我萌生了强烈的冲动，想要写一点藏地题材的文字。我根本没想好写什么，但一个标题却跃入脑海："格桑拉姆是一支情歌"。天，什么样的情歌？时隔25年，我已记不起那是一篇怎样的文字，又是怎样草草地湮灭于凌乱的习作堆里，或者，它尚未成形就宣告夭折？它对于我，只意味着一个灵光乍现的题目。一个题目，一个女孩的名字。看，我对藏族女孩富有标志性的美丽名字，简直有着迷之爱好。

那时候，我不会想到，格桑拉姆真的是一支情歌。一支让我醒时梦里心心念念的情歌，在余生的岁月再也唱不尽的情歌——那一年，我做了妈妈。我的女儿，没有经过那些取名的规习程式，我自己给她赐名：格桑拉姆。我相信没有什么比一个母亲的心愿更隆重，神圣。格桑拉姆，格桑拉姆，我的口庄严地呼唤着这个名字，我的心终于抚平那久已成殇的褶皱。

白驹过隙，如今我的格桑拉姆也到了唱情歌的年龄。一个生在城市，跳着现代舞，唱着英文歌长大的女孩，却仿若天经地义就是"格桑拉姆"，在她的成长过程中，从未曾经历过像我一样被人质疑、向人辩白的尴尬。我的女儿喜欢穿各种式样的裙子，而我给她的名字，就是最合身、最贴心的那一件，予她温暖，给她庇护。我终于在她的身上，完成了自己平生一大缺憾。所幸的是，她拥有的不只是这外在的身份标签，她在全然的汉语环境里努力地学会来自我遥远家乡的母语，她继承了外婆珍视的一切素朴的美德和信念，她越来越热爱民族文化。

当她穿着藏服走在南方美丽的大学校园里，身后是一串串赞叹的目光。

女儿随我走过许多地方，北国风光，诗意江南，她沉醉于祖国山河的博大和美丽，常常情难自禁。从北京到上海到绍兴，她虔诚地参观了鲁迅故居，感受了从教科书到现场的心灵激荡。她痴迷唐风汉韵，苏州雨夜听评弹，西湖的苏子长堤上，流连至"半江瑟瑟半江红"。2018年的暑假，我们先是回了甘南草原，然后是川西藏地，亚丁，理塘，康定。八月的藏地高原，山河磅礴，花开如海，一切都是最好的模样，一切都吻合一个生长在城市的藏族孩子对母族文化的瑰丽期望。一路朝着高处，阳光越来越炽烈，天空越来越湛蓝，我是那么欣慰地聆听着她越来越飞扬的心绪，我是那么感动于她越来越沉静的笑容。弥足珍贵的见闻，丰富了她，成长了她，她在一点点地认识着世界，也试图发现更内里的自己。回到兰州后，她为这一次的游历写了散文《没有阴影的家园》。看着她那么确定地写下"家园"这个词，我有一种泪湿的感觉。女儿这一代藏人的成长，到底是和当年局促的我们不一样了。他们起点高、眼界宽，有比较，有容纳，他们正在培植足够的自信审视自己民族的历史，他们更有执着的热爱传承民族文化的"真善美"。他们必将走向更广远的世界，而无论行至何处，他们都是有根的人。广袤壮丽的青藏高原，五千年灿烂文化的伟大祖国，是他们眼里心里永远的家园。

我想我确是老了，不然我怎么会已经开始憧憬又一只粉嫩的小胖手的抚弄呢？是的，哪一天，我的女儿也许也会有一个小小的女儿，那么，她会有一个怎样的名字？到那时候，中华大家庭中的每一个民族都富强而自信，我们灿若星辰却又相互包容，彼此增辉。到那时候，一个名字，或许不再需要承载重重的心愿了。一个名字，古老又新鲜，简单又美丽，只是天地轮回中一支生生不已的情歌。

写作，像风一样吹过来

我已经老了。杜拉斯说。有一天，一个男人向我走来，他说我认得你。那时候，人人都说你美。可我特地来告诉你，与你年轻的美貌相比，我更爱你现在倍受摧残饱经风霜的面容。

我常常想象着那个男人。在遥远的艺术之都法国，那向杜拉斯的晚年之美脱帽致敬的男人。杜拉斯站在他面前，触目惊心的孤独和沧桑，分明像闪电击伤了她自己。这是时间之笔精心雕刻的面容，年轻的美貌怎能与此匹敌？它美得如此尖锐、彻底，如此一败涂地、万劫不复。经历了这样的面容的女人，将永不能被人群淹没。我常常这样想起她，那个酗酒失度、狼狈不堪的小个子女人，那个在语言的阴影里深深沉溺，在表述的翅羽下恣意穿梭的写作女人，杜拉斯。这薄情的世间，有几个女人，能像她那样，在垂暮之年，还能让容颜之光照亮别人？能在漫漫一生中坚持让欲望和伤害，永不褪色？让爱和美，老而弥坚，老而弥久？

太多的写作女人，都无法追随这样贯穿一生的激情脚步。虽一样地手握锦绣诗笔，写着璀璨文章，但却永不能言说那一份心头之痛。杜拉斯说：没有爱，留下来不走，是不可能的。她哪里懂得，一天一天的尘埃向生活压来，日子里堆积着无法安顿的情节时，太多的心灵已失去了哭泣之声，有几个人还能顽强地发问：所有的"留下"，真的是为了爱吗？在"留下"的最后，还坚如磐石地停驻着那最初的"留下"的理由吗？人常说，逝者如斯夫，时间如流水，其实，时间要是水就好了，水总能见证那两岸的四季晨昏曾有过何等的绽放和谢幕；人常说，时间如刀，刀刀催人老，其实，时间要是刀就好了，刀至少让人记着那看似弥合的伤口下，曾经新鲜的疼痛浇灌过怎样的花朵。可是，时间，它只是风，大多数人漫长的生命，只是吹过他们的风，不知来处，亦无去处，只是一转身，那风就没了。

1941年8月31日，诗人茨维塔耶娃自缢身亡。这个"等待刀尖已经太久"的女人，终于走进了她必然的归宿。她死于来自祖国的无理迫害和放逐，"没有保护没有同情"的巨大孤独，死于"我们简直像牲口一样在慢慢饿死"的穷困，死于和家人儿女的疏离冲突。但这一切都不足以构成那最后的死亡之绳索，致命的一击来自时间。时间是风，桀骜不驯的茨维塔耶娃一直以来在风中奔跑着，踉踉跄跄，想要跑到风的前面去。然而，她终于不得不伤痕累累地败下阵来。那个清晨，她从镜子里看到了自己的白发。她眼睁睁地看着最宝贵的东西一点点地从她的鬓边流逝，而她竟然无力挽留。就是从那一刻，她丧失了在一切困难中都不曾低头的内心的力量。这个曾与帕斯捷尔纳克激情相恋，曾给病入膏肓的里尔克以"复活"的生命动力的女人，终于被自己的时间之风所击倒。"我原来是那样的习惯于馈赠！"是的，当一个女人，一个诗人，再也不能馈赠、无力馈赠，那么，她只有馈赠给自己最后的绝望和尊严。那么，她只能让一辈子颠沛流离的生命，结束于一缕时间馈赠给她的白发。

五十年后，在中国台湾，女作家三毛以同样的方式自绝于人世。只是一条丝袜，却比世间所有的生之诱惑更强硬，更专断，它就那么悄无声息地勒断了一个女人风华绝代的一生。说不完道不尽的"三毛之死"，在当年成就了厚厚几大本探秘之书。至今已近三十年了，话题依然未息，各种聒噪犹声声在耳：

三毛为什么死？可是，三毛又为什么不死！早已"万水千山走遍"，"哭泣的骆驼"已随撒哈拉沙漠的长风成了"背影"，"温柔的夜里"也不愿再去细数"梦里花落知多少"。那个公众视野中的"三毛"，教书、演讲、座谈、开专栏，和读者通信的"大家的三毛"，虽然在"朝阳为谁升起"的感动中，找到了"尘归于尘，土归于土，我归于了我们"的归属感，然而，这终究支撑不了一个孤独女人最深的内里，抵抗不了"滚滚红尘"中时间对一个写作女人的侵袭。摄影家肖全的镜头里，最后的三毛，不再彩裙飞扬、丽若春花，她瘦骨铮铮，皱纹深刻，全部的魂魄只在那对眼睛里，强大和脆弱，坚定和迷茫，深情和决绝。这样的三毛，是浴火的凤凰，是一生只歌唱一次的荆棘鸟。她说出"在这个世界上，有谁不是孤独的生，孤独的死"又有什么奇怪呢？当她认定"我的生命，走到这里，已经接近尽头。不知道日后还有什么权力要求更多"时，又有什么力量能挽留她绝尘而去的脚步？

茨维塔耶娃和三毛，一样的死法，一样的死因，"无力馈赠"和"无力要求"，它们的名字，其实都叫"时间"。时间的利刃戳穿了所有的世事真相，挑破了一切虚幻的声名光华。它让时间中的女人褪去一切的外在符码和浮丽伪饰，让生命赤裸裸地

走出巴颜喀拉

面对从来处来往去处去的自己。如此地死于年华。

三毛说：岁月极美，在于它必然的流逝，春花，秋月，夏日，冬雪。但她终究没有让自己直面这极美的过程。太多的写作女人都不能坦然面对这极美的过程，笑傲于时间的尽头。会弹琴爱跳舞的简·奥斯汀，被河流裹挟而去的伍尔夫，随风而逝的玛格丽特·米切尔，美丽的普拉斯，还有艾米莉·狄金森，她说：我不能片刻消停，我必须努力完成这些文字，要不然我就会一点一点消失。有谁不会被这样痛彻心扉的话语击中？是的，就是她们，这些写下不朽诗文的女子，她们用生命诠释了海子的诗句："不能长久地生活，就迅速地生活。"她们迅速地焚心似火地投入到爱情，投入到写作，投入到值得经历的一切美好和痛苦中。她们透支了一生的燃烧。所以，当所有的萧瑟和寒冷命定地到来时，她们比别人更早地放弃了抵抗。（或者说，她们用最极端的方式完成了对将要到来的被剥夺的自我被遗忘的时间的反抗。）生命就是生命，但有时它或呈现为诗，或呈现为画，或呈现为世间仅有的一种绝对的爱情——写作的女人，需要这些。她们曾经活着正在活着的证据。但老去的时光不能赐予她们恒定的安然和自信，它总是把她们丢弃在一个人的路上。一个人，在路上，繁花似锦的此岸已成记忆，百炼成钢的收成之彼岸还在前方，中间是风，吹刮着越来越逼近的荒败。

　　写作女人在这样的路上。到了最后，才知道，掌握多么难，安慰多么少。"你隔着金色的栅栏向我凝望／而我不知怎样才能靠近你／不知怎样才能握住你的手啊"，这淬心沥骨的呼唤，是伊蕾的诗。"你"是谁，是什么？一份至真至纯的爱情，一种至高至贵的自由？还是一个披荆斩棘、坚不可摧的自我，女人的自我？为什么，为之付出一切的愿景总是"隔着金色的栅栏"？为什么太多的女性生而即为"被围困者"？

　　所以，能走下去，能走出来，能在旷远的时间的荒风中持久地有力量地写下去的，必是一些有着更强大的心智，更高远的眼光的女人。时间走过她们，不再是利刃刺中了命脉，而是钝刀割磨着日常中的卑琐、散淡和麻木。是的，时间的炙烤对这一类写作女人，永远是一种警醒，一种鞭策。她们不能被时间击倒，更不甘被时间迷醉，她们大睁着眼看流年易逝，青春成昨。她们一定要看清楚那最致命的美和打击藏在什么样的最后。她们一定要让这所有的日子，殊途同归在她们文字的结晶中。她们知道怎样壮烈的谢幕也只是谢幕，所以她们选择走下去，面对衰老，面对无情，面对不可抗拒的一切残酷；她们懂得怎样漫长的一生最终也只是白驹过隙，灰飞烟灭，所以她们更加珍爱每一缕走过她们的时间之风，她们比俗尘中的人更懂得，更慈悲，更热爱，更疼痛。

"花开不同赏，花落不同悲。欲问相思处，花开花落时。风花日将老，佳期犹渺渺。不结同心人，空结同心草。"写下这首诗时，诗人薛涛不过二十妙龄，却已是饱经人世沧桑了。12年屈辱的乐伎生涯中，她曾被罚往荒蛮边关，也曾拥有过节度府校书郎的尊贵地位。公元789年，在终于恢复自由身后，她一身素淡的女冠服，在浣花溪畔开始了新生活。和很多在历史上留下名字的女子一样，薛涛有着出众的容貌，但她的声名不是因为美丽，也不依附于和那些薄情才子的爱情故事。在女子无才便是德的时代，在庞大而炫目的诗歌唐朝，跻身于那些光焰万丈的繁星中，薛涛以绝世才华，灼灼地发出了自己的光芒，成为一个不容忽视的存在。多少著名诗人曾与她诗词唱和，她的"吟诗楼"，至今耸立在距杜甫草堂不远的浣花溪畔，与"少陵茅屋，诸葛祠堂，并此鼎足而三"。王建《寄蜀中薛涛校书》一诗为后世留下了薛涛卓然的诗人风采："万里桥边女校书，枇杷花里闭门居。扫眉才子知多少，管领春风总不如。"

然而，有过曾经的热闹，又能怎样？有了身后的光华，又能怎样？薛涛鄙弃世俗功名，梦想的只是把自己的爱安妥在一

写作，像风一样吹过来

个忠诚而又热忱的男子身上。但一个苦寒出身的贫家女，一个曾经是乐伎的女子，又怎么可能真正拥有自由？怎么可能收获到与她的美貌、才情、人品真正相配的美好爱情？她一次次付出，一次次让"结同心"的美梦幻灭。凄风苦雨的日子就像锦江的水绵延不尽，比这样的日子还要多的是心灵的风刀霜剑。年华易逝，知音难求，无法把握爱情又无力留驻青春，薛涛看着枝头的花朵，数着指尖流走的时光，就像看着自己的美丽在徒劳地开放，兀然地凋零。

就是这样，一代才女薛涛在她自己的时间里，只是一个在春天里空结着刻骨愁怨的女子。她只是让泪洒落在花瓣上，发出"芙蓉空老蜀江花"的悲叹。她是不幸的，在那么多接踵而至的日子里，她注定了只能是无根之萍、不系之舟。精神上的巨大痛苦倾泻在诗歌里，形成了她"万里桥头独越吟，知凭文字写愁心"的独特诗风。孤独之感，失恋之悲，薛涛以自己的身世之感表达了一代又一代人心口永远的痛。但薛涛的意义，又绝不止于此，她最终完成了从一个让人痛惜的薄命女子到一个使后人无限敬仰的优秀诗人的根本质变。之后四十多年的孤苦生活，她保持着人格挺拔精神高雅，个人遭际并未使她把视野局限在寂寞的小天地里，她依然关怀国事，写下了著名的《筹边楼》。她建了吟诗楼，自制"薛涛笺"，在自己的诗歌世界里，她的生命依然纯粹而完整。"晚岁君能赏，苍苍劲节奇！"薛涛的题竹诗恰似对她自己人格的写照。

一个以柔韧的生命，抗争了流年无情的精神女人。一个以心灵的强大，留住了时间之无限的写作女人。这样的女人，时间的风只能磨砺她们的美丽，却永远无法掠夺她们内心的热力。它只能以破坏之力完善她们，成全她们。那个娇慵甜美的少女为赋新词强说愁，吟诵"知否知否，应是绿肥红瘦"时，她不会懂得只有时间的风才能将她推到"冷冷清清凄凄惨惨戚戚"的境地，让她在国仇家恨中以杜鹃啼血的绝唱，成就了大痛大美的最后的李清照。

1986年，丁玲走到了生命的尽头，在驾鹤西去时，她对身边的老伴说：你亲亲我吧，我是爱你的。这个82岁的女人终于为她刻骨浪漫的坎坷一生画上了完美的句号。政治女人丁玲，风口浪尖上的丁玲，我相信一切的因缘际会，一切的荣耀苦难，都只是因为她无法从根本上逃脱她是一个写作的女人。她终究只是一个在时间的风中经受了一切的文学女人。想起丁玲，就不由得想起阿赫玛托娃，俄罗斯诗歌的"月亮"女神。早在不堪回首的苏联大清洗时代，阿赫玛托娃就留下了一个文学女人所能发出的低沉的最强音："我要连根拔除记忆／我要让心儿变成石头／我要重新学习生活。"只有"让心儿变成石头"，只有"在心头上磨出厚厚的茧子"，才能不被时间击倒，不被时间中的一切不洁之物击伤。才能"重新学习生活"，才能让文字"作为世间一切的见证"，永远地留下来。阿赫玛托娃，这个美丽高贵的诗歌女人，她做到了这一切。多舛苦难的一生，"爱情像烙铁和烈火"折磨着她，"诽谤到处追随着"她，她以女性的柔软之躯一次次地承受来自强大的国家机器的"石头一样的判决词"，然而，她以最强韧的心灵之力抵抗住了"命中注定要下地狱"的运命，她没有重蹈好朋友茨维塔耶娃的悲剧，她在时间的尽头，等到了一个人应该拥有的尊贵晚年，和"迟来的荣誉"。然而，就像在过去面对苦难一样，面对荣誉和桂冠，她依旧是平静的、清醒的，她说："不可能给诗人添加什么东西，同时也不可能剥夺诗人什么东西。"

这样的写作女人，又怎能被时间的风裹挟而去，当她用一生的苦难对世界吟唱："如果你不能给我和睦与爱情，那就给我苦涩的名声。"

总是为这些无可比拟、无可替代的写作的女人感动着，震撼着。那些早夭的死于华年的花一般星一般的女子，她们在时

走
出
巴
颜
喀
拉

间的暗夜中划过的闪闪寒光；那些走过春的繁华夏的躁动秋的丰盈冬的严酷的山一般河一般的女子，她们在时间中定格下来的顽强和庄严。当我默念着她们的名字，就像诵读着一部部时间的大书，就像预览着一个个写作的女人未完成的人生。多么快啊，衰老多皱的面容，臃肿病痛的身体，枯黯烦乱的心绪，一切都好像只是抽象的概念，但已真实地兵临城下、四面楚歌。在我的年龄，青春年少似乎还是昨天的事，却分明看到黑惨惨的最后之门半开半闭，在狞笑着生命的脆弱和虚无。这样的时候，阅读和写作都呈现出了之前不曾领略到的意义，那些欲露还藏的暗示和契机。对时间心生恐惧的人，在自身面临松弛、坠落和凋零时，疼痛使之无师自通地进入哲学，进入语言。然而，述说就能获得救赎的力量吗？谁能逃离时间的深渊？才情与智慧，光荣与梦想，在最后风歇雨住场光地净的时间里，能给写作的女人一角坚实的庇护，使之完成最后的美好的造型吗？也许答案是否定的，一个人肉体的失败其实就是真正的失败，那样的坠落和沉沦就像秋风中的黄叶跌进绝望的山谷，怎样的精神之力能使之再次清飏向上？然而，即便这样，写作的女人也只能祈望于时间，只能在对时间的恐惧和信仰中走过时间。是的，没有什么人比写作的女人更感知着时间的凛冽和促遽，时间总是最先去欺凌那最优美最敏感的灵魂，但也没有什么人比写作的女人更贴近着时间的温暖和公正，时间总是在最后去恩泽那最柔软也最坚定的精神。

曾经喜欢轻盈灵动的泼洒恣肆的飞一般的女人的语言，慢慢开始更关注沉潜的蕴藉的清明的表达。那些不再年轻的，已面对时间之拷问的女人们的表达。那些朴素的简单的文字。然而这样的朴素和简单，是历尽繁华的简约，是千帆过后的水天一色，是万弦俱寂中唯一的清音。是语言的至境。曾为蒋韵的小说潸然落泪深深沉溺，并情不自禁地写下阅读心得。知道那是正走在时间途中的女人，才能讲出的故事。是已承受了时间的馈赠的女人，才能写下的文字。澄澈，深邃，沉静，悲悯，不再是蝉鸣乱心中的艳阳高照，而是冬日上午一院子的好太阳。喜欢艾云，那是中国女作家中最哲学的女子，然而在北戴河的沙滩上，她一遍遍对我说，关键是生活，你看，这乱麻似的生活，这浪一样扑上来的生活。赵玫的散文随笔，深刻犀利，明白通透，那样的文字后面该是一个因智慧而笃定自信的女子吧？但她却说："我知道，真正的本质是：我的日渐衰退的记忆；我身体中越来越多的不适；我的，有时力不从心的感觉；有时候，仿佛每分每秒都在黑色深渊的边缘；几近疯狂的绝望……"

就是这样。这些话，这些日常中的趔趄，一把细沙从掌心慢慢渗走。它使人们看到了在写作女人的文字中，通常被遮掩起来的那一面。关于她自己在写作中的焦虑，无助，所有的负重，以及在生活中的走下坡路。但这确实是一个写作的女人在时间中的真实。赵玫说："但是我坚持着。"让人敬重让人心酸的坚持。这才知道，其实，一个写作的女人，光有强大的心智、高远的目光也还是不够的，当再无多少好时辰供自己大把挥霍时，她还得有对日常凡俗的整合能力，尤其必须得拥有健朗的身体，她需要能支撑思想将写作进行到底的体力。多么傻啊，年轻时，不懂得这个，以为有缤纷葱茏的才思，有漫天飞舞的灵感就够了。若只是这样，波伏娃怎么能成为笑到最后独领风骚的神话，而热烈博爱的桑夫人又怎么会是写作女人中绝无仅有的传奇？若只是这样，勃朗台姐妹该有怎样的另一番盛大气象？聪慧的萧红又怎能把那半部红楼含恨留于别人写？

无法不想到萧红。想她一路的坏日子，那些呕心沥血的成长，那些前赴后继的放逐。而1942年的病魔，该是最后的那把火吧，重重地燃烧起所有的伤口。还能怎样呢，仅有的相濡以沫已相忘于江湖，一切的憧憬追寻也零落成泥。千山万水处，一个早已无家可归的女人泪眼回首，却发现她的故乡并没有消道，也许能慰藉她残破心灵的，只有留在那遥远的"北国"小城里的依稀的儿时记忆。于是，她奋力紧攥着这一根泰山压顶的稻草，她在烽火连天的病榻上完成了《呼兰河传》的最后一个字。然而，注定了，就连写作也只是一场幻灭之旅，当呼兰河从幽深的岁月奔涌而来，30年的时光像不可抗拒的浩荡的河流，流进萧红的生命时，她再次懂得，家园，永在她无法渡过去的彼岸。她31岁的生命最后的停泊点，依然是"别人的故乡"。这个字字泣血的女人，当她终于松开手中的笔，脸上该是冷月葬诗魂的凄绝吧？

命运，何以如此多舛，就连河流都不能带她回家。

许多年后，在萧红客死的他乡香港，又一个写作的女人在喧嚣万丈的都市抒写着生命的繁华和枯败。李碧华不喜煽情，伤心的男女故事里她只淡淡地说：她对他的绝望，是鱼对水的绝望。这渗冷入骨的句子，就像拿着一把刀片细细地，慢慢地，割过人的心。我无端地觉得这该是当年萧红一次次重复的切肤之痛。可为什么，她是鱼，她也是鱼？为什么，她们只能是鱼？既为鱼，怎可摆脱水的控制？水要鱼死，鱼怎能不死？既为鱼，又怎能不依附水的需要，不顺应水的欲望？鱼也叛逆，鱼也抗争，但除了在水中折腾出几许无谓的浪花，或将自己抛尸在干涸之地，鱼能奈水何？

但幸亏，这一生遭遇的，不只是男人和水。不只是做一条鱼的命运。幸亏，除了这一切，更有文学。有了文学的缘故，她确曾在低的天空，以稀薄的羽翼美丽地飞过。时间最终成就她，以鱼之身，完成了飞鸟的抵达。

"我梦想像个女人那样写作。"这是德里达的惊人之语。这个狂傲的哲学男人，如此地高看女人的写作，是因为他自认为懂得了写作最深层的奥秘，窥见了女人和写作之间的那条幽秘通道。但他是否懂得写作的女人所承受的另一种压迫，以及来自时间的那仁慈无比而又严酷之极的启示？当写作的女人回顾来时路上所有的悲壮和凄美、坚持和陨落时，她们是否会说，离开吧写作，我只梦想像个男人那样生存？在浩荡而来呜咽而去的时间中，写作也许一开始是女人的，但最终还会是吗？它也许是福地，也许只能是深渊。谁能收获到那持久的永不枯竭的写作的力量，让它的光芒照亮一生？谁，能立于时间的不败之地？

所以，翟永明说："完成之后，又能怎样？"

然而，从来没有选择。杜拉斯说，写作像风一样吹过来。是的，当写作像风一样吹过来，写作的女人只能迎着它走去。除了走向写作，在无底无痕的时间中，她们还能怎样地走向自己？

走出巴颜喀拉

一

有一幅画，许多年来我常常看着它。我不知道是怎样的机缘使我遇到了它，也忘记了有过怎样的最初的悸动，总之在接下来的时间中，我常常突然就停下步子，莫名地盯着它看。我不是一个懂画的人，我对艺术所知甚少，我每一次看它时，心里只是无端地想着我和我身边的人。想着一些没有来龙去脉的琐碎和纠结。这样狭隘的思路很使我羞惭。

画叫《走出巴颜喀拉》。那么多的人中，那么大丛大丛刀刻般的线条中，我的目光总要落在她身上。落在她身上，心便像漏了门窗的旧屋,呼呼地灌进风,刺骨的痴迷和疼痛。但明明,这个长袍褴褛、乱发像破毡片般飞扬的女人,她和她所寓意的一切离我是那么远。

为什么,往事不能如云飘散?

那是第一次,在过年时离开母亲。尽管只是几百里路途的小别,我仍思量了再思量,小心地一步步退出她的视野。那时候,更大更彻底的远离还没有到来,那么多的黑暗还没有到来,那时候,少年矫情使我常常滥用一些苦难的严重的词汇。我以为那样的一脚迈出去,便是千呼万唤也无法回转的前定,便是天高水远的宿命。

母亲始终对着我笑,忙忙地说些这样那样的话。这样的母亲形象在三十多年间已烂熟于我心。只是,今天的她老得很快,对于爱和伤害更加穷于抵挡,像个无助的孩子,总急着掩饰,又一览无余。一览无余的伤感和认命。认命之下倔强的信心和要求。这样不调和的神情结晶在眉梢唇角,使我母亲的晚年之美有一种高于慈祥和安然的力量。当我突然沉陷于母亲突如其来的弱小中,当我久久地对着她却再也不能肆意地哭出积蓄在胸口的泪,我想到了那幅画。在某一瞬间如被雷电击中般,我想到那幅画。想到我为什么在过去的日子中常常对着它眼热喉干。

二

朋友寄来信，不是 E-mail，是久违了的那种邮寄信件。打开是一首诗：《雀鸟的天空》。

我从那两页方格稿纸上抬起头来时，城市的夜色深得很浑浊了。我趴在窗台上，面前是无法安顿的晦暗，自身的存在像极了一个古已有之的大疑惑。其实我知道，这样的夜不是没有星星，而是我找不到一个可以凝望星星的窗口。

无法不想到另一片夜空。

曾几何时，旅游开始成了压倒一切的时尚。在我的身边，一群人刚从远方的某一个人头攒动的景点回来，另一群人又开始紧锣密鼓地准备出门。而我，在弥足珍贵的假日，也一次次加入这个行列。漫漫一生中，我徒然地看着自己在这样的行列中劳心费神，无可阻挡地走向枯萎。我已没有心力再说，再问：热衷于夏日去沙滩上玩救生圈的人永远是浅薄的幸福者。见过冬的草原吗？一生中，哪怕一次？

是一生中的一次，再也回不来的那一次。

朋友一步步走进那里。身前身后是一种巨大的存在。雷霆万钧的静默，静默中的风雪高原。他谛听着这种存在，同时奇怪地发现太多的人脸上的漠然和疲顿。怎么可以这样？怎么可以？他愤怒地喊。那时候，他只是被那种无处不在的启示震撼。被那种落地生根的激情裹挟。他那么单薄，不时躁动，尚未学会以同样的静默之力表达它。

风呼啸着。千里而来，千里而去。

荒原，每一寸枯了的草原坚硬地容纳着飞不起来的雪粒和冰冻的足印。哭不出泪，只有心窒息着，又雀跃着，好像急于离开你的躯壳，扑向冻土之下的珍藏。空旷的野地在你双腿战栗的那一刻，突然生长出无数双手，从四面支撑起你。看一眼天空吧，看一眼天空，草原说。

那浩荡的倾诉之夜啊！

看一眼天空。这一眼看走了一个异乡少年的十年时光。十年里他因严重的风湿病、肺病住院六次；十年里，他成为一个写诗的人。是的，他还不曾被称为诗人。在他的身前身后，总刮着太大的风，太多热闹的名称来不及坐实便被吹回原形，一些漂亮的加封被另一些人相互授赠，飘忽如风中呼哨。

我本无心回望那个方向，深掘那夜空、荒原背后的许多。许久以来，我再不敢寻求一种别样的人生。它像是一个谎言，一个注定无力兑现的承诺。它启示我摒弃了该摒弃的，却始终没让我收获到该收获的。

就是这样。我离开了，而朋友矗立在我曾经的窗口。那么孤单的天空和人，像是我扔在半路上的诗的碎片。一场大雪在那个黄昏悄然而降，纷纷扬扬，像适时而至的安慰，又像是不期而至的大遗忘。

三

只有以死担当的自由与爱，才是彻底的和无限的。

也许，我还不能深谙这一切。也许，我在深深地懂得以后，又被更有力的东西击穿。所以，日常的沉溺中，我穿梭在似是而非的幸福中，渐渐地流逝了我的痛苦。然而，当我以旅人的脚步走过高原，走过那一片被无数的歌谣赞美过的蓝天白云，疼痛横空而出，它一下子把我和人群隔离开来。我是那么孑然一身啊，在欢呼雀跃的同伴中。从没有过那么一刻，我的双脚在匆匆而过的邂逅中，深深地扎进了母土的每一缕皱褶。疼痛那么多，那么尖锐，孤独那么步步惊心，那么美妙绝伦。我知道那一刻，我唯有在心里对自己说，我，是个藏人。

是的，没有什么关于我的种种比我是个藏人更抵达我的本质，我的内里。这粗重凛冽的血脉日夜磨砺着我，洗涤着我，使我想起我的祖先，想起那些生生不息的荣光和忧患。怀念使我双目清澈，步履艰难。当我一次次置身于巨大的醒悟中，眼前横亘着的总是更坚硬的放逐。太阳很烈，空气很薄，是谁置我于如此的高地，是谁让我如此地接近美，接近苦难？

如赴心灵之约。

好在有那片葳蕤的支撑。那片迷乱坚忍的星空。星空下亘古沉默着的荒原。风吹过青稞，不留一点灵感给我。佛说：你要始终如一，永远不奢求答案。

我一点一点成长着自己。污泥缠绕着乱花野草开满了我的行程。风声鹤唳的梦境永在目力所及的远方。人到中年，我终于懂得了我的需要。或者说，我至少明白了该筑造怎样一只船，才能渡我到彼岸。我是多么痛苦地骄傲着啊，一个人，在所有的好时光渐次撒手而去时，她所理解的真谛，她所情愿的跨越，终于姗姗而来，将光芒撒播到她的身上，这算不算太晚？

太多的雪已经下过，太多的雨点敲下来，灼伤我，刺痛我，飞升我。我已出发太久，我已在老地方被血泪凝结，被骨肉锻打。每时每刻，我无法潇洒。我无法潇洒，我轻飏如那一片地老天荒的云朵。

感谢我的高原，感谢我脸色黝黑目光纯净的父母兄弟。感谢一切的慈悲和坚强。

那么，让我继续前行。与流行的深沉告别，与空洞的玄虚告别，与缀满花边的旗帜告别，与一切可能的荣耀告别。在这么长的分离里，让我只带着心前进。也许，黑森林会隔开我们，长风里我听不清你的声音，但我始终在与你同行。

为着心头这唯一的清音，这仿若天籁般的痛苦，没有人比我更懂得你的存在。你的存在是对我的注定。

四

许多年了，我已记不得是怎样得到了这小小的画张。这样的一群人，他们何以要如此必然地挤进我狭窄的生活和思想的空间呢？

这是一幅省略了背景和远景的中国画，所有的功力都在人物身上，在精炼硬气一如雕刻的运笔下，一大群佝偻着身影的藏人密集地站着。只一站，便站出了在象征的叙事中那些挟风带雨的苦难，站成了前仆后继的神话。他们从大大小小的雪山赶来，当他们站到一起时，没有人会急于拽住谁的手，彼此倾诉路上的故事。语言其实是多么轻飘的多余，他们懂得，忙着说出什么，其实是因为内心的那道藩篱。而他们，一见便是终生，所以，他们不言不语，不离不弃，他们要做的只是紧紧地站在一起，相携着走下去。他们已走了太久，光华炫目的红珊瑚早就被磨成了钝石的生命之链，但更大的催促在群山之间呼啸着，激荡着他们的脚步。走出巴颜喀拉，走出巴颜喀拉是怎样一支心血淬砺的牧歌啊，而我倾听着的双耳只有长风嘶鸣而过。

我是知道的，知道他们会对我守口如瓶。当我只能从图画上面对这样一群人，这样的一种大痛大美时，便深知自己被彻底拒绝。画里画外，一纸之隔却是万里之遥。我孤独的孩子啊，你根本不曾走进巴颜喀拉，你又何以走出？

然而，我无可逃遁，我总是情不自禁地去面对这给我无穷威压的群体。当我的目光一次又一次落到画的左上角的那个女人身上时，暗示就像冬夜的火苗，"扑哧"一下亮光四闪，倏忽间又归于寂灭。那当然是断乎称不上漂亮的女人，她已经很老，看不出或曾有过的明媚鲜艳。她这样地走在路上或已旷日持久，破旧脏污的衣袍掩不住来时路上的风尘荆棘。她平静地站着，和身边的每个人一样手捻经筒，目视前方。我认得她。许多年以后，我在通往母土的路上，天天都遇见这样的女人。

是的，这样一个女人最终却掳掠了我，我身不由己地跌进一个大疑问。是她的眼神击中了我，穿透了我。那样一种茫然、凝滞、隐忍、坚定的眼神。那样的一种在世间任何的面容上都不可能被复制的眼神。我一生只能读懂一次的眼神。

那个眼神，当它从纷纷的故事中脱颖而出向我走来时，我的母亲正日复一日地早睡早起，清晨一边低吟着一支母语的长调，一边洒扫庭院，开始了一天的劳作。我盯着寒露中的她，听着在忧伤的氤氲中随着歌声飘动的她。这首歌，我一点儿都不陌生，在那么多的儿时光阴里，她曾无数遍地唱过它。今天，它如此地来，来到我心间，低回不已，盘旋往复。简单的旋律，简单的词句，好像什么都没说，好像什么都说了。我莫非是第一次听它，为什么新鲜的疼痛切割着我？我好像什么都懂了，好像什么都没懂。它仿若真的是为我而生，为我的这个冬天而生。

那么，还说什么呢？除了，在这样的歌声中一路跋山涉水，一路呕心沥血，我还能做些什么？除了，在这样的歌声中，沉沉睡去，慢慢老去，我还能说什么？我还能唱出什么？我不知道这欲藏还露的契机对我的最终意味。一生是何等费解的长旅啊，我要培植怎样的热望和勇气，才能破译那一道道如影随形的沟沟坎坎？

走出巴颜喀拉

黑天低垂。母亲沉默地煮着奶茶。

举棋不定的日子终于被席卷而去。当我走出家，走过我混迹于其中，包容我又背离我的熙攘人群，一个脚步急急地跟了上来。生命中唯一的，这注定错失的足音。

我该走了，时候不早了。

哦呀。

你不要留我。

哦呀。

那么——我疑虑地转过身，面前伫立着我的母亲。这个母亲，真是我爱过熟悉过的那一个吗？此刻，她的双眼平静地望过来时，竟像刀锋冷冷地抵在我的心口上。什么时候，她变成了那幅画，那幅画里站在风口的强大而无助的女人？什么时候，她已彻底背弃了泪水？

一言不发，我的母亲像一支静歌送我前行。一步，两步。她是明了这足迹的分量的，她是深知这离别的含义的——这个远离了缤纷的青春的女人，这个失去了水草丰美的家园，这个一生都在路上的女人。

走出巴颜喀拉。

深深地躬下身时，巴颜喀拉是一条母亲的河流。她说，没有一种记忆，会在时间里泯灭。

五

仿佛在梦中，我听到朋友的声音破空而来：快看，雀鸟的天空！

整整一个下午和黄昏，我聆听着这个声音。那首短短的诗，那白纸上的一颗颗分行小字，在我的眸子深处，渐渐幻化成一点两点灰色的鸟影，翅膀拍击出的巨大的风声，呼呼地刮痛了我的脸。

它们向我飞来，飞来。这些穿过天空的鸟，这些历尽了寒冷和戕害的凤凰鸟，它们在击打它们的翅膀。它们干干净净的嗓子，带来了远方夜空的声音。

我紧紧抓着自己的双手，心细细密密渗过指缝。我是多么的庆幸啊！这双手还能抓一把鸟声贴在胸口，还能如此地触摸到那不可抗拒的接纳。当它停止了颤抖，它还能颤抖地捧起从未陨落过的我的星空，我的旷野——我命定的血脉之水流过道道岔路，又汩汩地义无反顾地奔向那里。

打开窗，城市的夜依然五彩得像一块后现代的脏画布。可是，当我从 17 楼的高空望出去，我不再晕眩得失重，我知道这是雀鸟的天空，失而复得的心愿在飞。那两千公里之外的草原风，正在以狂飙突进的温柔拂过我的花园。

原来，冬天如此原色如此拒绝红枝绿叶；原来，分别如此漫长如此不可逾越，只是为了让荒原拥抱一个简简单单的孩子。那么多迷途知返的星星在绕着她飞旋，呢喃如歌。

走出巴颜喀拉。

高高地昂起头时，巴颜喀拉是一座巨大的爱情峰峦。鹰的翅膀划进了无穷的蓝，那最辽远的雪峰澄明如洗，它说，你看，总有这么多坚持的理由。

远方空无一物，为何给人安慰

前些时，某报约我写一篇关于"写作与行走"之类的文章，我踌躇数天，却终于说不出什么有意思的话来。

其实，恰逢我又一次从远方回来。

又一次，"远方除了遥远一无所有"。

我素无写生活日记随笔的好习惯。平常日子里不写，旅行中更不会。所以，走过的许多地方，也同经过的许多人和事一样，在脑海中不留印痕，说过去就过去了。当时或曾有过的不一样的发现，甚至确信自己将会铭记不忘的那种壮怀激烈，最终在日子中渐行渐远，像童年的蒲公英，风一吹，就散了。历史证明，我这种人的记忆是靠不住的。因此，我向来钦佩那些随身携带着纸笔记下所见所思的人，但自己，却终究绝缘于这样的勤勉。每每读《鲁迅日记》，就想，别的且不提，就单说这从三百六十五天日复一日透析出来的明晰、完整、有序，也是多么不容易。这个伟大的人，他并不因为心境的高远，因为思想的"生活在别处"，而懈怠于"直面惨淡的人生"。他对身处其中的日常生活具备了高度的整合能力，同时，让手中的笔冲出泥淖鼓噪的当下，指向更苍茫辽远的所在。

　　说到旅行，人大抵想到的都是游山玩水，而鲁迅先生似乎并不是对此有十分喜好的人。他说："我对于自然美，自恨并无敏感，所以即使恭逢良辰美景，也不甚感动。"其实，他也是很去过一些地方的，只是，足迹所到之处既不能成为身心安妥之处，又无法使一个胸结块垒的人暂时地领略到纯然看风景的乐趣。从绍兴到南京到远涉东洋，在日本上野的樱花开得最烂漫的时节，他叹息"东京也无非是这样"，从北京到厦门，人家介绍"山光海气，是春秋早暮都不同"，而他只说"海滨很有些贝壳，捡了几回，也没有什么特别的"。如此这般，先生便慢慢冷却了"走来走去"的兴致。虽有"北方固不是我的旧乡，但南来又只能算一个客子"的漂泊感，但终究在上海一隅安定下来，静默地生活、读书、写作。在人生的最后十年，他越来越少出门了，日记里鲜见有关旅途的记载。"整个中国都像一个墓场"，先生又能去哪里呢？但万卷书万里路已俱在胸怀，笔力所到之处，江山扑面，千帆尽是。

帕乌斯托夫斯基却是个甘愿受"漫游之神"支配的人。他常常旅行，他说："几乎我的每一本书都意味着一次旅行。换句话，说得更确切些，每次旅行之后，我总写成一本书。"一个作家，能如此成功地在旅行中体验到他想要的"生活"，并且如愿以偿地把"生活"变成"书"，实在令人振奋。实际上，像帕乌斯托夫斯基这样的写作方式并非个案，自16世纪始，欧洲文学就形成了这种游历行走的传统。作家诗人们执着地在"茫茫黑夜漫游"，然后以手中之笔捧出广大而真切的社会人生的"湖海"。他们的足迹和视界，为世界留下了太多真正的文学经典。在中国，浪迹天涯、云游山水自然更是古已有之的事业。那时候，定然没有今天炙手可热的所谓"接地气说"，没有公费资助的"定点深入生活"，没有微信、微博之类的新玩意儿一路直播、广告的"调研"、"田野作业"，没有书商和媒体层层炒作、包装的"行走文学"，但哪个文人书生没有写过关于"行行重行行"的羁旅诗篇呢？哪个诗人墨客不是走在"念天地之悠悠，独怆然而涕下"的路上？夸张点说，整个中国古代文学

走出巴颜喀拉

史其实就是一部"行走文学史"。仅唐一代，旖旎万千的"山水诗派"，雄奇绝伦的"边塞诗派"，怎一个辉煌了得！

我常自惭，生为一介女子，注定的"第二性"，情归之处，却偏偏是属于另一个性别的"江南游子，把吴钩看了，栏杆拍遍，无人会，登临意"的大飘零，那些遥不可及的慷慨悲歌。唐诗三百首，字字珠玑，但最让我意乱情迷的每每都是"轮台东门送君去，去时雪满天山路。山回路转不见君，雪上空留马行处"这类感觉的诗句。在我浅陋又煽情的想象里，那该是个怎样快意恩仇的年代啊！汪洋恣肆的谪仙之人李白就不用说了，就连瘦瘦的杜甫，在焚心似火枯焦了那把胡子之前，也曾拥有过南北漫游、裘马轻狂的年少！他 20 岁南下吴越，24 岁回洛阳，翌年又东游齐赵。30 岁再回洛阳，往来偃师、洛阳间。33 岁，他遇到刚被"赐金放还"的李白，两人同游梁、宋，建立了千古传诵的友谊。之后，又遇高适，三人北上齐鲁，过历下，登泰山，酣饮纵游，慷慨怀古。就是那样青春作伴、指点江山的好时光，使杜甫在"会当凌绝顶，一览众山小"的豪迈情怀中，写下了一行行激扬的不朽诗句。后来，往日风流换成了血泪苦旅，但沿途风景依旧润物无声，一步步丰富着他，壮大着他，成就着他，使他成为国破家难、离乱忧患中发出时代最强音的诗圣。当瘦骨已做铜声,行走却还要继续时,"即从巴峡穿巫峡,便下襄阳向洛阳",那又是怎样一副断肠的情景啊!

我常常想象着这些令人唇齿生香的情节。由来已久的向往之情曾使我抑制不住地在一篇小说中做过如下的叙述:"我,风尘仆仆,衣衫褴褛,但风餐露宿无法阻挡我寻找同类的脚步。终于,我日夜兼程找到了那些在我的心里熠熠闪光的人们,他们眼含热泪迎接了我,他们为我奔走相告,为我欢呼雀跃,吟诗作文。我们彼此从未相见,但文学的味道使我们这么容易就从人群中互相辨认出来,我们一见便是终生。我安心地换上穷诗人仅有的长袍,安心地享用富文豪一掷千金的招待。他们的就是我的,我的就是他们的。一夜豪醉,推开书房后窗,南山悠然入目,那漫山遍野的诗情真意啊⋯⋯"

其实,哪怕就是在虚构的遭遇中,"我"也是知道的,自己不是想象中那个云游四方以文会友的才子,那些发生在遥远的行走年代的文学和友谊,那些光华万丈的山水和人事,于如今已是炫目而温暖的传奇。

所以,在故事之外的现实叙事中,我,只是一次次惘然在去往远方的路上,然后,让自己两手空空地回来。是的,看山是山,看水是水,看人却已不是那人,提炼、结晶和升华永远胎死腹中，难以最终完成。当然，也有仅有的例外，让行走中偶遇的感动，以文字的方式留存给自己。我之所以说留存给自己，是因为我深知我的文字和现下大多数同行们的一样，对于别人，它们是速朽的。我打时间里走过，它至今未曾赐我一支神助之笔，但聊可自慰的是，我已拥有了一双识别的眼睛，和作为一个写作的人应有的自知之明。

那是几年前的夏天，在去往邻国的一座边境小城里，我邂逅了那种想要写点什么，一定要写点什么的冲动。是的，只是冲动而已，并没有什么电光火闪的灵感和构思闯进我的脑海。但一个萍水相逢的地方能撩拨起如此的冲动，也很弥足珍贵了，要知道，我是自小至今不会写游记的那种人。

是它的静抓住了我，那小城的静。想象中不该是那样的，一个进出境的地方竟然没有喧闹，不见躁动。一条河清清地穿城而过，河堤上，三三两两太过漂亮的树以典型的亚热带姿势风情摇曳着。阳光浓得像是泼洒下来，但远近层叠的绿还是那么厚实，那么干净，丝毫不见蔫了颜色。街上，听不到国内任何一个城镇都被裹挟其中的那种巨大的商业声响。车和人自然是有的，但都懒懒的，淡淡的。整座小城，仿若在热天气中睡过去了一样。

我在细细的静里，慢慢走过那座尖耸的绿色山峰掩映下径自美丽的小城。我知道我已爱上了它。有点委屈，有点恍惚，突然觉得，前路，归途，都像极了白日下的梦，唯此刻真实。一种久违的软弱侵袭而来，我钝钝地在一棵开着硕大的白色花瓣的大树下坐下。那时候，从右边河岸的方向，来了一缕风，一缕那么沁人心脾的风。同来的，还有我突然想表达的冲动。

后来的行程中，好风景纷至沓来，而我的心里只装着那座城。一定要写点什么，一定得让什么故事发生在那个小城，我对自己说。什么故事呢？我那根深蒂固的古典英雄情结于这样静美的所在，怕是不大相宜吧，那么，自然不外乎是爱情故事。

那是唯一的一次，旅行结束后，我完成了一部中篇小说。但我完成的并非是配得上那座美好的小城、配得上自己千年等一回的创作冲动的好作品。一个浪漫的女人和孤独的男人，在缥缈之地相识，他们自以为跌进了爱情——其实，他们只是跌进了生命的不甘空虚和荒芜？跌进了对自我灵魂的破坏、确认、救赎？你看，我这样庸常的表达，在任何一个作家的笔下都可以实现。无疑，这个萌生于不可复制的旅途感受中的小说，只是我许多个不成功的作品之一。如今，我再想起它时，男女主人公的面容已经模糊，掠过心头的只有和最初的情景高度吻合的一首歌："还记得昨天，那个夏天，微风吹过的一瞬间……"

有人说，文学之道其实就是探讨旅人的途径。是的，荏苒几十载，谁不是人生这条路上的旅人，过客？我们貌似较长久地拥有在这个世界行走的时间，但究其实质，这和极短暂地去往某地，途经某处是一样的——浮生如寄，我们不知道下一步人生是怎样的，就如不知道下一处风景是怎样的。还有，或长或短，我们都会必然地遭遇到自己的盲点和限制。也许，前路上只有一种安排是可以预知的，是确切无疑的，那就是每个人都得承认自己的有限。这二者，未知和已知，是构成旅途之魅的核心物质，也是构成文学之美的源能量。

那样的事是常常需要面对的：爬了多半的山路，写到峰回路转的小说，却因为体力、心智、视界、表达等等的原因，不得不停下来，不走，不写。比之更令人绝望的是，你终于走完了，写完了，但那些路，那些字，与你千山万水，宛如根本没有发生过一样。这样的时候，就连仅剩的孤独也是虚妄的：你经历了它，而它却隔岸观火，从未让你收获到与你曾无数次感受过它的那些长夜相称的广阔。所以，你必须又一次相信你一直在相信的东西：写作从来都是漫漫黑夜，在无限可能中慢慢澄明，慢慢光亮，就如旅途的意义会逐渐呈现出来一样——这样，你才能重新启程，迎向又一轮的黑夜，荒芜和疼痛，失败和寻索，而不是成长，进步，被馈赠和赋予。

聂鲁达说："我活到一定的岁数，诗就来找我了"。我不知道这样的岁数，离我还有多远。通常被认为是生命中最美好的那些事物，青春、梦想、热望、激情，正在一样样渐次挥手作别，那么残余的光阴里，被"诗"登门造访的概率又有几多？"诗"之难以进入我正在经历的生活，正如任何其他的人和事在不绝如缕地进入一样。太多的人告诉我说写作的人应该一定程度地远离身边的人群，远离日常生活，他应该孤独。可是，"一定程度"到底是怎样一个恰如其分的姿态？日常生活的泥沼里滋生着无处不在的触须，它缭绕你、暗蚀你，那种拖曳下沉的力，细碎、圆滑，却又强大、坚硬，有着毋庸置疑的程式化面孔。置身其中，而又超脱于一定距离之外，断不是我这般心性的人能完成的事吧？而人群，又是怎么可以说远离就能远离得了的啊，与他们爱恨纠结、浑浑噩噩的每一天，既是损耗又是养分，这一切构成了我之所以能证明自己的全部依据。如果远离他们的给予和破坏，那我的"孤独"该是怎样失氧的苍白？父母越发地老了，孩子正在迅疾地成长，无论是孤独惨淡的暮年风景，还是被书包压弯了腰的少年背影，都是我醒时梦里如履薄冰的心之疾患。还有，一份已走成习惯的婚姻，像满城玫瑰习惯了年复一年在初春的沙尘天气里绽放。还有，越来越不堪琐屑的职业生涯，热爱和激情渐渐被外力侵蚀。常常，在冬天的黄昏，我茫然地立在街头，失去了家和此岸的概念。那样的时候，我不是没有想到过"远离"和逃脱。然而，硬硬的西北风总是转眼间就刮走那间歇性发作的迷梦，我唯有抱着一篮混沌暮色中已不复鲜艳的水果蔬菜，走向万家灯火中的某一个窗口。除了走向它，我还能怎样走向自己？我的脚步，总是急促而沉重，每一步都像是适时而至的回头是岸，又像是走向更大的迷途。

如果，心生不出翅膀，纵是身到天涯，怕也成画地为牢吧？

大舍才能大得，这肯定是许多伟大的人淬心沥骨的经验，一个旅人，怎么可能将沉溺于当下与极目于远方真正地兼而拥之？既然你确定自己的生命是为了表达那尚未倾诉的思想，发掘那正在沉睡的感情，是为了赞美大地上一切迷人的事物，抚慰黑暗中所有的心灵，那么，出发永远是必须的。安徒生是一个一生都在路上的人。他终生未娶，漂泊不定，常常构思着童话，从一座城市游历到另一座城市。他虽外貌黯淡，但并非没有资格获得爱情。在旅途中，他的善良和才思往往那么容易博得别人的好感。在一则广为传诵的故事里，一位叫埃列娜·葛维乔里的美丽高贵的女人，在夜行的驿车上与安徒生相逢，她深深爱上了他。而他，根本不可能不爱她。但最终，安徒生拒绝了爱情，选择继续做一个只以手中之笔编制爱情的"流浪诗人"。许多年后，在人生的尽头，他说："爱情是多么美好的事啊，但我从来没有在爱情里生活过，因为我要童话。"

或许，这样的"远离"，也可以解释为怯懦：安徒生不敢让虚构让位于现实，他缺乏在生活中真正经历爱情的能力和勇气，但我仍然认为这种缺乏勇气，就是勇气本身。这个伟大的作家孤独一生，却从未抱怨过自己的生活。如果一切可以重新开始，他要构建的人生依然如此："我真愿只有二十岁，这样我就会在我的背囊里放上一个墨水瓶，两件衬衫，身边带一支羽毛笔，走向那广阔的世界。"

生活充满了太多形态，但属于每个个体的从来只能是他能抓住能拥有的那一部分。譬如我，在远方的大海边、沙滩上，让赤足奔跑的欢笑声和着水鸟的鸣叫飞向更远的天空；在异域的历史陈迹里，感觉到时空苍茫、人在天涯的岑寂辽远；或者，像上文提到的那次旅行一样，在一座擦肩而过的小城里，在一棵静默的花树下，绿色的小河突然荡漾出心有灵犀的涟漪——

这样的事，虽时有发生，但梦一般短暂而飘忽，更像是一幅定格的浪漫，一个象征的姿势。真实的情况是，我和大街上太多的人一样，被每一天的日常洪流裹挟着，来去都不由己。日子里布满了皱褶，皱褶里盛满了灰土，而我要做的唯有领受、感恩、致敬，让自己也像一粒尘埃溶于所有这一切包容着我成长着我的平凡卑微的事物们中间，然后，执着地"从尘埃里开出花来"。

杜拉斯说："爱之于我，不是肌肤之亲，不是一蔬一饭，它是一种不死的欲望，疲惫生活中的英雄梦想。"疲惫生活中的英雄梦想，说得多么好。文学之于我，亦如是吧？远方之于我，亦如是吧？

它们空无一物，却始终给人安慰。

从此，天地邈远

一

那天，二哥打来电话，说母亲住院了，情况严重。不容我询问一言半句，他即刻挂断了电话。我紧攥着手机，一时间脑子有点迷糊。沙发上坐了很久，手机又响，二姐微信语音说，你回来吧。我的手指哆嗦着，只发出一个字：好。

那天是 2018 年 9 月 17 日，农历八月初八。我之所以如此确认生活中从来都习惯忽略的农历日期，是因为——下一个初八，戊戌狗年的九月初八，是母亲的出殡日。

我的母亲，从发病住院到最后的葬礼，只花了一个月。短短的三十天时间。这么急，这么快，她撒手离开，好像，再也等不及一时半刻；好像，再也忍不了一时半刻。

也许，这一次，确是遂了她的心愿了。她常常喟叹自己的老而不死，到头来却死得这么干净利落，一点都不拖泥带水。她常常惧怕自己病瘫在床上，累及儿女，生不如死，事实上，她将生活自理坚持到了最后，尽管那是无比艰难的。她让我们接屎端尿的事情只是发生在医院的强制中。出院后，为了让她接受放在床边的坐便器，我费尽口舌。她是那么执拗地不愿意麻烦别人，她死爱面子，爱干净，极端害怕任何不洁的气味。

也许，尽管如此，她看上去还是活得太久了。久得使得她的离去已不足以使太多的人怜惜。我多少次地从人们口里听到过关于她的精妙的譬喻，年过八十的人就像在树上熟透到烂的果子，就像是山路上违章行驶的报废车辆，"啪嗒"一声落下来，"吱呀"一声彻底熄火，根本是眼皮子底下的事。他们那么自然平常地谈论她的生死，有时当着她自己的面，有时甚至谈笑风生。一个人的死，真的应该是另一些人越来越随意地挂在嘴上的盼望吗？我在心里一遍遍地死磕过这个问题，一遍遍地不能原谅。但除了拒绝面对，除了不甘心放手，我并不能做到比任何人更为周全。我不能原谅自己，雷霆万钧地胜过了不能原谅别人。

火车。汽车。赶回老家县城的路上，我一直在心里对自己说，肯定只是生个病住个院罢了，母亲不会有事的。人家老人一年里住好几回医院，但母亲从兰州回老家好多年这才是第一回住院，她肯定不会有事的。我相信着自己的安慰，但我的口腔里突然地起满了燎泡。夜色里站到县医院的大楼下时，剧烈的心痛从左胸口电击般蔓延全身，几乎让人迈不动腿。电梯里挤满了乡音，每一声发音都催人泪下。

终于站到了病床前。母亲的 19 床。大哥只叫了一声妈妈，便别过头抽泣了。那样的母子相聚，在漫长的分分合合中从未发生过。她蜷缩在各种管子下，蜡黄着皱纹纵横的脸。她大睁着眼，以事不关己的涣散眼神打量着我和大哥，然后却又把目光投向监测仪的红光和蜂鸣。她已认不出我们了。

那天距离我暑假开学离开母亲，只过了二十八天。二十八天，我的母亲彻底变成了另一个人。

无法用言辞描述那个夜晚的煎熬。二姐说，你们赶了一天的路，今晚就别在医院守了。于是我回家休息。但我没想到，脚一踏进院门，我立刻后悔了。我无力安顿自己在没有母亲的家里。那个院子，从来没有过没有母亲的时刻。那个院子里，永远都是我们走，永远都是她眼巴巴地看着我们走。当我们回来，无论时隔多久只消推开门，喊一声，妈，我回来了，她就会出现在面前。她永远伫立在老地方等着我们。

那是第一次，一生中的第一次，我回来了，却不见我的母亲。巨大的虚空，横亘在家的每一个角落，塞满了院落的每一处缝隙。无边无际的虚空，无法被漫漫长夜淹没的虚空。卧室窗外的石榴树，在风中摇了一夜的枝叶，我的心随着那"唰啦唰啦"的声音抖了一夜。

终于挨到天亮，一口气跑到医院，母亲的气色却比头天晚上明显地好转了。早餐她吃了半个油饼，并且说好吃。21床的大妈过来招呼说，儿子女儿一回来，你就好了啊！母亲微笑着，催促我送香蕉给大妈吃。

情况似乎一点点好起来。第二天只剩下我在她身边时，她埋怨说，谁把你叫回来的？要是我随便这么一病你就回来，那你学生的课还上得成吗？

那时候，母亲的生命已进入最后的倒计时了。但母亲不知道，她以为自己只是随便的一病。她像以往一样，习惯性地念叨我的工作。我更不知道，我以为我和她之间还会有许多的未来。我对她说，那过两天等你好一些，我先回去上班，国庆节长假再回来？她像个孩子一样乖乖地点头，眼里却是深重的不舍。于是我立即打消了去而再返的念头。还是那个21床大妈，她悄悄对我说：放心吧，闺女，你妈还很有些活头！我快八十的人了，什么没经过？我仔细端详了你妈的脸，周正得很。一般过世的人一两个月以前，鼻子就慢慢歪了。你妈妈的鼻子，还笔挺着呢。

后来，在最后的日子，锥心蚀骨的疼痛中，我想起大妈的话。我趴在母亲身上，我伸出左手指，又伸出右手指，我一点点地，一次次地，小心地抚弄母亲的鼻子。我就那么眼睁睁地看着，在我的手指下，在我的泪滴中，那个笔挺的鼻子，慢慢塌陷了。

但9月27日那天，我们是欢悦的。住院十天后，母亲出院回家。我无法预知厄运当头，天真地以为那天是一个失而复得的节日。医生说病情基本稳定，脱离危险期了，但高龄老人的肺心病不可能痊愈的，情况还是严重，几样药一顿都不能停，要按时服用。

母亲是那样地渴盼着回家。在医院的每个早晨，她都央求我们，今天让我回家吧！我们告诫她，好好吃饭就让回家，不吃饭回家没有液体输没有氧气吸怎么办？于是她努力地吃饭，

走出巴颜喀拉

一天天地更加配合医生护士。主治大夫查房时大声说，老太太，你这两天表现好，病也就好了。像你刚住院时那么耍脾气胡闹，我们还怎么治？她认真又礼貌地欠身听着，脸上是羞惭的笑。输液时针管脱落流出的血弄到了床单被套上一些，她希望我们出院前洗干净。这是人家医院的床啊，她小声嘀咕了又嘀咕。

扶母亲走出病房，她招手和护士们一一道别：麻烦了啊，麻烦了！我的母亲，她将克己恭人进行到了最后。她将自己认为的得体和优雅坚持到了最后。

逼仄的电梯，在我的眼里却一派天地豁朗，多日来纠结在我胸口的痛悄然消释了。母亲不知道，我比她更不能忍受她在医院的分分秒秒。她的每一回遭罪，都那么真切地击在我的身上。那天，从中午开始，因为插着尿管她一直喊下体痛，她一直呻吟不断。到夜里三点半，我连续三次去找医生，他才同意了拔管。母亲不知道，任何人都不知道，那段时间里，我也尿不出来了。我一趟趟跑卫生间，我憋得全身痉挛，却怎么也尿不出来。那根致她于疼痛和羞耻的塑料管，同时深深地插进了我的身体。

我不能忍受这一切。我不能忍受她的治疗单上，写着的却不是她自己的姓名。每一次护士例行询问 19 床什么名字时，我总是惶惶起身，却喑哑无声。我说不出那个陌生的名字。那个冰凉的、坚硬的名字。

二

　　一个小村庄，被连绵起伏的大山环抱着，一派云蒸霞蔚的气象。已值仲秋，村子四围的树林灌木依然葳蕤葱茏，鸟声啁啾，衬得整座村子呈现出了乡村想象中典型的唯美模样，蓝天白云，红墙碧瓦，俨然画境。

　　称为"小村庄"，其实它应该是故乡方圆几十里一带村落中十分有规模的村子了。几百户房舍依山而建，从东到西依次展开，错落有致，视野豁朗，而狭长的南北却呈高低逶迤的坡势，没有坦途。好在四通八达的路已基本硬化，雨雪天气也不会有太多的泥泞了。整座村庄很是焕然一新的样子，家家户户都是藏汉合璧风格的朱红大门檐。这里正在进行美丽乡村项目建设，政府投资几千万，前不久，还上了电视新闻。

　　但村子里并没有多少人，一半以上的人家都锁着大门。青壮年农民的进城务工是和全国任何地方一样的，但不一样的是，在村里比青壮年更难得一见的是儿童。是的，村子里只有留守老人，没有留守儿童。这是一个纯藏人的部落，却是一座有文化传统的，对教育具备完全的自觉性的山村。村里的为人父母者无论挣钱多少，当务之急就是把孩子们送去县城读书。尽管村里也修建了看上去非常好的学校和幼儿园，但他们还是不辞辛劳为孩子选择教育质量更有保障的地方。

所以，一大群人一长排车突然地进村回乡，惊扰到的只是那些在秋日的好天气里倚在家门口昏昏欲睡的老人们。但当他们睁开了眼睛，弄清了事情的原委，他们便慢慢走来，以平和亲爱的声调打招呼：你回来了？回来就好。好像她昨天刚刚离开，好像他们一直晒着太阳等着她回来。

是的，母亲回来了。

居斯。我出生的山村。母亲回来等死的山村。

从此后，世界上，还会有一个地方于我比它更重要吗？还会有一个地方，让我如此地确知人生已没有前路，只剩归途吗？

我知道，我还需要比较长的时日消化人们对母亲的盖棺论定。关于她的寿终正寝，善始善终，关于她的福泽深厚，功德圆满，关于她的四世同堂，枝繁叶茂。甚至，那天，火葬仪式开始时，天下起了雨，然后，停了，然后结束时，又微微地下起来。喇嘛说，那些懂得的老人们也都说，那是再好不过的吉兆，母亲洗了骨头，干干净净地走了。这意味着她必将顺风顺水地抵达极乐之境，无牵无挂地投胎转世，也意味着她会继续福润子孙，恩荫门楣。

我相信所有的肯定、赞美和钦羡不只是因为死者为大，基于根深蒂固的乡土伦理认知，它们是真诚的。城里生活了一辈子，繁衍儿孙几十人，几十人里没有一个不上道儿的，没有一个败门风的。耄耋之年，金秋季节，适时返乡。回乡第五天便安详离世，叶落归根。五天，时间不长，自己既没太受病榻之苦，又使儿孙免于伺候之累。但五天也不短，不致使后事准备落于仓皇，又大可告慰四面而来告别的亲人。就连最后的时辰，都是上上好的。是的，在所有人的众口一词中，母亲的离去就像是画了一个完美的句号。

但为什么，为什么，这一切都安慰不到我？

鞭炮齐鸣，鼓乐合奏，活佛超度，嘛呢诵唱。在长达八天的葬礼过程中，在称为"喜丧"的一切隆重盛大的习俗仪式中，我都是那个隔绝在人群之外的人。无论他们说什么，笑什么，忙什么，哭什么，我的心里只有一个声音：我的妈妈没有了。我的妈妈没有了。

那天黄昏，当我一个人走到老屋门前的大酸梨树下时，我不禁再次失声痛哭。六岁时彻底离开故乡，如今整座村子东西南北我能记起来、能认出来的地方只有这酸梨树下。这是母亲生下我的老屋，这是我幼童时期和母亲两个人相依为命生活的老屋。这里，是我一生走不出的恐惧的起点。我生命中所有的阴影都源于此。母亲，从这里开始，从五岁开始，我便日夜担心失去你。我们曾离开了那么久，我们曾走得那么远，但为什么一切又回到了原点？我终究在这里，失去了你。失去你，我的外在身份符码，我的社会生活标识，所有的一切都像是偷窃而来的夸饰，突然被一件件扯落了。一夜之间，我从头到脚被打回原形。居斯村的老人们，居斯村的同龄人们，他们远远就喊出了我的乳名，他们一眼就认出了四十多年前的黑夜里那个为母亲的病痛，东奔西跑四处求援的绝望的孩子。如今，她回来了，终于沦为赤条条的孤儿。

谁能告诉我，五十岁成为孤儿，和五岁到底有什么不同？有什么不同！

这是我一个人的遭遇。这个世界上，无人分享这百年不遇的被掳掠。

一个路过的阿婆扶住了我，她没有劝慰我，而是以近乎严厉的口气教训我：你哭什么？这世上有一直陪着儿女的父母吗？

投胎为儿女，不是天经地义就该送父母走吗？你妈走得这么好，你还哭个不停，真不应该啊，你不如赶紧多念几声嘛呢去！

她是对的。身边的人肯定都是对的。我知道错在于我。说到底，我是一个不明事理的人，一个极端自私的人。而且，是一个没有文化根基，没有心灵信仰的人。

母亲停在我们家后来的新屋中。说是新屋，也有三十多年光景了。依稀记得上初中时，父亲经常回乡，说是在建新屋。后来建成了又嚷嚷找亲戚看屋。总之，关于这座房屋的讯息在几十年间总是源源不断地传到我们城里的家，但我从来没来过这个屋。每当家人说起山里的老家，我想到的只是那个酸梨树下的老屋。

这是我第一次来这座叫新屋的老房子。第一次，便是在这种情形下。

母亲停在堂屋的中间，正对着敞开的屋门。她肯定看得见出出进进交织的人影，肯定看得见一院子熙熙攘攘的热闹。是的，一院子装不下的热闹。几天时间内，村里出门在外的人们因为这件事，都前前后后地赶回来了。当许多人一起开口说话时，声浪喧腾得彼此听不见在说什么。山里藏人心肠热，性子急，声音大，当他们全力以赴地投入一件大事时，便全然顾不得自身的形象了。他们步履匆促，搭在身上的外套不时滑下来。他们言语交错，互相交代各种任务。每个人手上都有活，每个人脸上都挂着土、烟灰、煤尘、香屑，甚至肉末、菜星。虽然，我们兄妹几个人已彻底隔膜了乡村生活，不说丧仪礼制，就连自己的吃饭睡觉初来乍到我们都无法安顿，但有了他们，一切便开始按部就班地完成，所有的担忧迎刃而解。我的母亲，历经了八十六年难以尽述的种种岁月，最后，便这样地交回给了她的族人，交回给了乡村古老的宗法礼规。

我的心里，深刻着对这些人的感恩。但我明白，我无以为报，我甚至不知道他们大多数人的名字。事实上，他们是那么容易满足，不求回报。长年在外的我们，回乡时若给他们敬一支烟、端一杯酒，他们便笑逐颜开，掏心掏肺了。我六岁时离乡，能忆起来的故乡实在太有限了，我不知道过去的老家人是什么样的，但我看到现在的老家人确乎是如此之好。多少年来，无论是在文学的叙事中，还是在日常的表达中，大家都习惯了慨叹"每个人的故乡都在沦陷"，然而，当我归来，我看到的善良、真诚、淳朴、慷慨，却超出了我的想象。醇厚的人情、严格的族规、强大的乡土伦理在我的故乡居斯村，依然发挥着金钱权力不可替代的作用。每有重大事件，村人会立即忘记街头巷尾的龃龉，撂下鸡头狗脑的恩怨，密密地站到一起。他们七嘴八舌，说话就像在吵架，但他们永远团结一致，彼此依傍。

我在所有人的忙碌之外，看着、守着母亲。母亲走后的整整七天，我做过的唯一的事情，就是在堂屋的门口，看着她。这陌生的新屋，这在我们弃置不用的三十多年时间里径自荒芜了的老房子，成了母亲最后的驿站。这座屋的热炕上，我一直紧握着她的手，一直紧握着不肯放松。直到五天后的那个黄昏，那个傍晚，她的手在我的手里一点点，一点点地变得冰凉。直到身边的人硬生生地把我的手和她的手掰开，掰开。

现在，母亲在堂屋，而我只能看着她了。

我看着母亲，我知道她一定是能看得见我们的。她肯定看见了热心的乡亲们，看见了她那么多的娘家侄甥为了她，从四面八方，新疆、四川、内蒙古，以及甘南州府、舟曲县城匆匆赶来，一来便日夜不停地忙碌。她会不会感到不安，受之有愧？这得耽误孩子们多少工夫呢，母亲肯定在这样嘀咕。但她的心里是欣慰的，她是爱体面的人。她生前一怕死不对地方，二怕死不对时候：若遇酷暑，自己身上会有味道；如逢严冬，儿孙们要受冷遭罪。现在，天时地利又人和，母亲是不是终于放下了最后的心？

我久久地看着母亲。事实上，我只是看着她栖身的居所，那最后的叠床架屋，最后的鎏金銮银，最后的流光溢彩。她殚精竭虑的一生终等于这些浮华的颜色，这些铺张的荣耀了。

今天天气变冷，妈妈的膝盖肯定受冷了。她肯定冷。我说。

大姐夫瞪了我一眼，立即从我跟前走开了。大嫂斥责我，你为啥老往那儿看，你到别处去行不行！

我到哪里去？茫然四顾，四处都是人。可他们知道母亲的膝盖在冷着吗？我知道他们不相信我。从最初的那一刻，母亲从热炕上被移到这重重叠叠的颜色中的那一刻开始，他们便只懂得天人永隔，阴阳无涉了。我知道我只能接受这个，但我清清楚楚地感知到从敞开的堂屋门，丝丝缕缕吹向母亲膝盖的风。我真真切切地触摸到母亲的冷。这一辈子，她吹了太多的风，受了太多的冷，到晚年，她的膝盖，她的腿关节，是再也招架不住一丝一毫的风寒了。发病住院前的九月，别人都还是未换季的夏装，她却已套上了厚厚的保暖裤。现在，连我们都穿上了棉衣外套，她却那么一动不动地，让膝盖对着大开的屋门，对着秋叶飘零的院落，她怎么会不冷，怎么会感觉不到风！

母亲感觉到的风，像刀子一样剐着我。

我想拿一床毛毯去盖住母亲的膝盖。意念恍惚中，我甚至感觉到自己正在完成那些动作，我的手已经触摸到了她——啊，不！我知道那是多么疯狂的，不可饶恕的举动。我使出全身的力量，让左手紧紧压制住右手。

大侄子平儿听到我的话，便抓着我的手哭了。那贴心贴肺的泪砸在手背上，灼人的痛。表妹文说，姐，你不能这么想，我大姑她现在不在咱们这个屋里，她是在自己的好地方。你看这轿棺金碧辉煌的，这是她的庙宇，怎么会冷呢？而表弟英吉悲愤地摇着头：要是知道冷，那她还算死了吗！

英吉一年半前死了年轻的妻子，三个月前又遽然送走了还不算年迈的父亲。我亲爱的二舅，母亲走时是喊着他的名字的。英俊能干的表弟，曾那么充满信心地操持一个殷实温暖的家，如今，人去楼空的感觉使人不忍直视他家的院门，而他偏时时地照顾着我。我觉得在他面前，我为八十六岁母亲的辞世太过悲痛几乎是可耻的，但我无力自控。

所有应答我的人里，只有小堂弟媳妇的话是及物的，温暖的，是在那么一刻稍稍抚慰到我的：小姐姐，你放心，你不知道婶子身上里里外外穿着五套衣服呢，厚实得很。

是的，我不知道。但问题是，那最应该是我知道的。作为女儿，那应该是我为母亲做的最后一件事，是我不容推卸的责

走出巴颜喀拉

任和义务。在我们回村的第三天，大舅妈就特意交代过我，等母亲咽气了，我和二姐千万不能慌神，哭是万万要不得的，一定要头脑清醒、手脚麻利地为母亲沐浴净身，更衣穿戴。虽然儿媳妇们在，虽然这么多的亲戚女人们都在，但按照老祖宗传下来的规程，亲生女儿动手才是最妥帖的。孩子，这个你可要记住哦！送我走到她家门外时，大舅妈又叮嘱了一遍。

但我那时候并不想记住她的话。我本能地排斥，不想直面那可怕的结局。母亲眼见着是更虚弱了，但她意识清晰，她还在吃着一点点饭，我还在悄悄喂着出院时医生交代的那些药。当她每咽下去一口饭，每一匙药，我就觉得我们离人们所说的那个结局又远了一步。我握着母亲的手，用我全部的生命谛听着，感知着那依旧怦怦跳动的脉搏。我趴在她身上，她耳边，一遍遍地念叨：妈妈加油，妈妈加油！求你不死，求你好起来，我们回家去，回城里去。

我不知道，大限已至。大限正在一步步逼近。

第五天，傍晚，当最后的时刻到来时，我和母亲的手是硬生生被分开的，我是硬生生被推出屋的。母女一场，我就那样丧失了最后一次触摸她、安抚她、亲近她、孝敬她的机会。一切都是我自己造成的。我咎由自取。我罪不可赦。

后来，当我瘫倒在火葬场的雨水泥泞中，我听到一个声音在说：你哭死都没用，你把头磕破都没用！你妈是白生了你一场了，你连真正意义上的最后送她一程都没能做到。你是你妈最牵心的小女儿，可你因为愚蠢的自欺欺人，从来没看过一眼那些衣裙，那些裤褂，那些靴袜，你不知道它们的用料、厚薄、款式、颜色。她从这个世界带走的最后的温度里，没有一丝是你的气息。

母亲，这是一个死结。这是我对你生生世世的亏欠。

圣者仓央嘉措说：最好不相伴，如此便可不相欠。那么，母亲，因着我对你今世再也无法偿还的亏欠，来生，我们是不是还可相伴？是不是？

三

我和母亲之间横亘着一个夜晚的离别。只是一个夜晚。但它重过了之前我们漫长的分离的总和，也区别于最后的诀别。它就像是命运特意安排给我的深重的惩罚。

那是 2018 年 10 月 4 日，母亲出院回家的第八天，我离家返兰。我走出院门时，时钟不偏不倚指向正午十二点。然后是第二天，第二天的同一个时辰，我在原路返回的火车上对着忽有忽无的手机信号，一遍遍哭喊：我回来了，马上就到了！让妈妈等着我！告诉妈妈，她不能死，她不准死！我没日没夜地伺候她半个月，我刚离开一个晚上，几个小时，她偏偏要死，她难道是我前辈子的仇人吗！

是的，只是一个夜晚，情势急转。我头天晚上抵达兰州站时，已是八点二十，二姐电话里说，下午妈妈吃了些面片，还行，但身上软得很。九点钟回到家，再给二嫂打电话，她说好着呢，已安顿睡下了。于是我关机上床，一夜无眠。第二天清晨七点，一开机便是噩耗！父亲说，你妈咽气了。二嫂抢过电话喊，没有，老人急得胡说呢！反正情况不好，现在我们所有人准备出发去老家村子，你们也直接回乡来吧！

感谢上苍，它没让母亲在城里咽气，没让母亲在从城里回乡的颠簸山路上咽气，没让母亲在我们比她迟到村子的那三个小时里咽气——她坚强地挺到了第五天。五天里，她等到了一些人，呼唤了一些没等到的人，她表达了未尽的心愿，也听到了儿女们的承诺。五天里，她流泪两次，不过是眼角滑下的一滴，两滴。笑了三次，却是嘴角绽开着，双眉高扬着，从内到外笑透了的那种。母亲最后的欢颜，依然有着摄人心魄的美。五天里，她被儿子女婿背出去看了老家的院落，那些山和树，和蓝湛湛的天。她看到了什么，想到了什么，终于确认了什么，她累了，不想再说。

就是这样，在2018年10月5日，母亲回到了阔别四十三年的老家。10月9日，她永远地闭上了眼睛。

可为什么，在这一个个时间段里，有一个只属于我的时间，2018年10月4日中午十二点？那是母亲今生今世最后一次眼巴巴地看着我走，那是今生今世我最后一次狠心丢下她走。是的，我和母亲之间横亘着一个夜晚的离别。只是一个夜晚，却险些使我们母女一场，成为孽缘。

尽管在村里的几天时间里，她的手在我的手里，她的眼一次次温柔地看向我，就是在最后的时辰，我也知道她清楚地感知着我，尽管当我说妈妈我没有骗你吧，那天我走时说请了假就回来伺候你，现在我回来了，我不上班、不上课了时，她重重地点头，并且出声答：哦呀。

尽管如此，我的生命中还是陡地多出来一道坎。余生，我每迈一步，都将有这道坎横在面前。母亲，尽管你相信我，原谅我，可我自己怎么原谅得了自己！10月4日我走时，你还在城里温暖的家里，你还一如既往地坚强自律，卫生间门口，你甩开我的搀扶，你说我得靠自己。10月5日我来时，你却躺在老家陌生的炕头，喘着粗气。来来往往的每一个村人，就连门口大白杨树上的喜鹊和乌鸦都知道，母亲，你是一个回来等死的人。

人生何以如此残酷。一个晚上，到底发生了什么，为什么成了生和死的距离？一个晚上，我离开是为了什么？

母亲出院回家的第二天，精神比头一天还要振奋一些。清早扶她到院子里，她说你先忙去，我锻炼一下，然后便和平日里一样，一下一下小心地踮脚，一下一下往后仰脑袋。等她锻炼完了，我让她洗脸刷牙，她说还要梳头呢，我说早饭吃完再梳吧，大早上摘帽子怕感冒了，她几乎是以豪迈的口气回答我：不会的，没那么娇贵！

母亲干干净净地坐到了沙发上，她和父亲一左一右在我的身边，我们三个人安静地吃早餐。父亲替母亲剥了一个水煮蛋，母亲说，给女儿也剥一个。我说我不吃，两个老人同时瞪圆了眼：为啥你不吃！

那是2018年9月28日，没有人告诉我，那是我作为父亲母亲最小的孩子，最小的女儿，最后一次享受父母双全、承欢膝下的人生。

从此，天地遥远

那天的幸福一直持续到晚上。晚上，二姐家里在给小孙子卡卡过生日，他们再三请我过去凑一下热闹，我看母亲离不了人，就坚持没有去。老天开眼，那晚我没有分心离开母亲！老天开眼，让我在接下来的几天里，无论亲戚侄甥们怎么盛情邀请，我都执意守在母亲身边，一步都不曾迈出院门。

只有失去以后，才醒悟到：当时一个平常的简单的疏忽，在今天慢镜头般分分秒秒的回放里，会成为无限放大的悔恨和痛苦。

那天晚上，母亲和我说了许多话。让我安心的，以及让我气愤难过的。有些叮嘱，譬如关于父亲，关于大哥，关于大姐的二女儿燕，现在想来确是遗嘱无疑了。她甚至很亢奋地坐起来，披着棉衣清点了一遍手头枕边的她的个人物件。

如果我有关于这方面更多的一点生活阅历，我或许能从母亲的言行举止中嗅出不祥之兆。但我没有。或许，我在潜意识里拒绝承认。上天作证，我就是在回到居斯村后还一直没有放弃过再把母亲带回来的决心！我一直等着奇迹出现，直到一败涂地在自己的愚顽上。

次日下午开始，母亲却眼见着颓靡了。然后是30日，然后国庆假期开始了，孙子、孙女们都领着孩子来。白天，孩子们的欢笑吵闹声几乎挤破了院子，恍若让人回到了过去，回到了母亲的全盛时代。但夜是寂静到让人心悸的。父亲睡去了，我一个人守着母亲，越来越发现她的无力，她的空洞。我说妈你说点话吧，她说说什么？我说随便说什么都行，她呆呆地看我半晌，然后恹恹地闭上了眼睛。像28日那样的母女长夜谈心，再也没有发生过。

出院五天了，六天了，一周了，就是在那样的每况愈下中，我才明白过来，母亲即使好起来，也好不到哪里去了。我第一次在心里有了最坏的推算：也许，她最多能熬过这个年。

那么，我怎么能有心力，有体力，完成寒假前这几个月的工作教学任务？

我做了决定后，便买了4日回兰的火车票，我对母亲说，我需要回去请假，我这一学期都请假，请假伺候你。母亲盯着我，她的眼睛里三分的欣喜，七分的不放心。那表情让人心碎。她依然是隐忍而克制的，她说去吧。

但父亲一听我要走，直接哭了。英雄好汉了一辈子的父亲，我习惯了他的不服老、不认输，习惯了他的倔强、暴躁，但我不能习惯他的眼泪。于是我也哭了，我哭着对他说了必须离开的理由，也说了一定请假回来的决心。父亲听着，一次次点头，一次次伸手抹去眼角的泪水，像个无助至极的孩子。

心碎到再也没办法打量一眼父亲母亲，我几乎是小跑着出了家门。是的，我必须得走。长时间的离岗请假有严格的手续交接，肯定不能打电话完成。有一部小说集的再版校样和合同催着我签字，一部散文集的书稿要赶紧定稿，发给编辑。朋友的儿子6日结婚，不能不去。

这些事情，我一样都未能按计划实施。没来得及请假，没在合同书上签字，没发出书稿，没能参加婚礼。这世界没有因为我的不在场发生一丝一毫的缺损。鲁迅说过，时间永是流逝，街市依旧太平。不同的只是我和母亲。因着貌似重大的这些未遂事件，我和母亲几成阴阳之隔。

只是一个夜晚。我久久地想着这个问题，从母亲弥留之际想到万事皆休，从居斯村想到北京城。现在，当我一个人在荒漠般的家里再次一遍遍回想母亲最后的日子，当所有人的面孔一张张定格在我的眼前，我如梦初醒，我终于明白，为什么我离开了一个夜晚，为什么我和母亲之间隔着一个夜晚。那不是上苍对我的惩罚，而是母亲对我的最后的袒护。

几乎是从十年以前，母亲就开始说了，母亲一直在说：女儿，我的事情上，你不能说话，你的哥哥姐姐让你做什么你就

走出巴颜喀拉

做什么。什么时候，你都不能站出来拿主意。

母亲告诫多年，但终究还是不放心我。母亲选择了让我缺席的那个夜晚，那个清晨，成为拿主意的重大时刻。那个覆水难收的主意，那个万劫不复的时刻。

四

母亲葬礼的第二天，我就从居斯出发，回兰，赴京。城市的灯火依次更加璀璨，壮大，我越来越陷入巨大的惶惑：眼前这一切，才是我适合的地方，才是我熟悉的生活，那么，那个遥远乡村里，那些煤烟熏缭的晨昏，真的存在过吗？谁能证明，那些人，那些事，那些哭声那些嘛呢声，真的不是在我的梦中？

和平里大酒店的套房之夜，我把所有的灯，从客厅到卧室到洗手间，一盏一盏地摁亮，然后又一盏一盏地关掉。房灯，顶灯，环灯，射灯，廊灯，台灯，镜前灯，我想我是在琢磨，一个房间里为什么要装这么多的灯，但我的眼里心里只有一个画面：从老家堂屋的木梁上，吊下来一根节能灯管，白炽的灯光照在忙里忙外的杂沓脚步上，照在母亲的棺轿上，那些造型，那些披挂，那些线条，那些颜色，静静地迷离在光影交错中，难道不是像极了一场华丽的梦？

我打电话给表姐金，我开口就问：你说，我妈真的死掉了吗？等了好一会儿，她说，你在哪儿，你还在老家吗？声音里带着抽泣。而我并没有泪。我想，这么说，确实，是真的了。我挂断了她，然后翻出母亲的号码，132****1690。132****1690。

您好，您所拨打的电话已关机。您好，您所拨打的电话已关机。

那么，好吧。就这样吧。

熟悉的东土城路25号。中国作家协会上空的天，有着物是人非的剔透的湛蓝。这是我遭遇如此重大变故后，第一次面对自己的社会角色，第一次面对居斯村外的人。我对选我做"文学之星"的每一个评委心存感激，我认真聆听了他们的发言。中午聚餐时，我也和大家礼貌微笑。我想，除了红肿着的眼睛，看上去我应该与别的参会者没什么异样吧。

但北京城是一座无边无际的空城。

从酒店出门左拐，过斑马线时，迎面一个推着轮椅的中年妇女，她和轮椅上的老太太有着一模一样的眉峰和唇角。再左拐，再过斑马线，不料又逢着一个同样情形的，但这回，推轮椅的和坐轮椅的竟然看上去一般大小，都苍苍着一头白发。心内大恸，望向别处，一个八九岁光景的女孩童音清脆如莺啼燕鸣：爸爸，我给你说！爸爸，我给你说！……但那个年轻的爸爸一直埋头在手机上，无论是过斑马线，还是走到林荫道上，他一直看手机，一直顾不上看顾不上听牵着他衣角的女儿。

地坛公园北门售票处窗口贴着"票价二元，请付现金"的告示，我翻遍随身包并无二元现金，躬身歉意问售票员：不好意思，找不到零钱，可以手机微信付吗？她端坐不动，不张口，不抬眼。又问一遍，还是端坐不动，不张口，不抬眼。哪怕她与刚才那个冷漠的爸爸一样，是执迷于手机懒得搭理人也罢了，但她并没有，她的手是空着的。我提高了音调，第三次锲而不舍地问：可以微信付款吗？她照旧不张口，不抬眼，但这回身体动了一下，伸手从窗口扔出塑料板的二维码。

一个人，何以会如此莫名其妙地野蛮、傲慢，这也许不是问题，问题是公园怎么会把这么不可理喻的人安置在服务窗口，这不是严重地破坏首都北京的形象吗？因为纳闷于这个问题，我简直忘了愤怒，忘了以往来这里时最先浮现在脑海的另一个问题。那是史铁生的声音。他说：死是一件不必急于求成的事，死是一个必然会降临的节日。剩下的就是怎样活的问题了。

怎样活，当然是个天大的问题。所以，史铁生曾经摇着轮

从此，天地遥远

椅踽踽而行，走遍了这座公园的每一个角落，试图想清楚。但问题是，怎样活，不是靠想清楚就可以解决的问题。怎样活，甚至不能靠活本身左右。大多数情况下，活比死还要被动，不由自主。所以，他久久的思考只是带累了他的母亲。在这公园里，凡有过他车辙的地方，也都有过他母亲的脚印。后来，那个母亲，没有了。

曾客居北京的一年时间里，我也多次光顾这个公园。我也曾在这里，不止一次地想念过我的母亲。我总是在冷天气袭来的时候更多地想念她。一入秋，一入冬，我便止不住地日夜担忧她。现在，她也没有了。

现在，我终于开始拥有无牵无挂的每一个季节了。

我终于可以放心了。

银杏大道上不绝如缕的游客，拍风景的，拍人的。人们总是性急了一些，看上去，银杏显然还没到最好的时候，那猎猎作响的炫目的金箔之光正在蓄势待发。但与此同时，落叶却已开始飘零了。一片一片，一簇一簇，哗啦哗啦地堆积到了道旁。这些叶子，它们中的大多数都还没长到应该的样子，那最后的金黄尚未实现，便在猝然而起的冷风中萎然落地，沦落为污迹斑斑的焦黄。树上和树下，这黄和那黄之间，该有多少不甘心的安排？

　　花开叶落，生老病死，自然规律。是的，这么多天来，我听到最多的就是这些宽慰的话了。这些人人都懂的道理，其实，我也是懂的。但剩下的就是如何面对，如何消解的问题了。一个人离去了，你眼看着她闭了眼咽了气，眼看着她化为青烟，眼看着亲人们收敛了她的白骨，但为什么，她的脸还在你的手中，那种亲肤感真真切切地停留在你的指尖，她的呻吟她的呼唤还在你的耳边，夜半梦醒时，她的喘气呼呼地吹起了你脸上的发。这泰山压顶般的存在，我要如何统统视为虚妄？这虚妄的纠缠，我要有怎样的时日才能卸落？

　　母亲，十二天了，十三天了，终于十四天了。你以每一个夜晚指证着你的存在，如同在寸寸思量的白天里，你的不存在如此地穿过我。

　　离开北京的那一天，天空不见了来时的蓝，驶往机场的出租车走走停停，像是我对这个城市欲走又留的眷恋。是的，我平生第一次对这个城市生出了眷恋。神州之大，却偏偏逢着它比任何一个地方更早地容纳了我的恍惚，我的惊惧，我的颓散。我无处安放的丧母之痛。从此之后，它的每一个落叶季节，都将是我遥望祝福的方向。我甚至冲动地想要调转车头，奔向二侄子的家。那个北京城里唯一的亲人，我想刻不容缓地见到。

其实侄儿也是刚刚从老家回到北京。那晚在老家，大家问询他一路的辛苦时，只有我说：奶奶已经没了，你现在这么日夜兼程地赶来，有什么意思，不如这两年回来看看她。听到我的话，他没有辩解，没有怨怼，而是伸手握住了我，搂住了我。在母亲咽气的那面土炕上，我们久久地相依无言。灵犀相通的安慰，使我明白，就是那时候回来，哪怕就是在葬礼的仪式上回来，也是值得的，也是亲人们需要的。

我从来没有像这一刻，如此地需要血浓于水的支撑。我怀念居斯村，怀念那些昏暗，那些局促，那些不适，那些硬凳子。我怀念居斯的人，那些喜欢讲国家政策、喜欢谈古论今的人，那些吹牛皮说大话的人，那些扎堆说话就像吵架的人，那些做事不使坏心眼的人。我怀念我所有的表哥、表弟、表姐、表妹、堂弟、弟媳，他们煮出来的肉，擀出来的面，烙出来的馍，比他们自己想象的更好吃。他们哭过的那些泪，守了的那些夜，背过的那些东西，以及，最后顶着、抬着的那乘轿，这世上，再不会有什么，比它们更重了。

我怀念我的家人。母亲的孙子孙女们，我亲爱的侄甥们，你们曾团团围坐在她的身边，等着她锅里的饭菜，笼屉里的馍头。后来，当你们一个个长大、远离，那是她不堪重负的孤独，也是她借以慰藉余生的念想。你们有些人一出生就离开了居斯，有些人甚至从来没有去过那个山村，为了她，你们齐刷刷地赶来了。你们对得起她太多的辛苦操劳，对得起她一生的焚心似火。当你们黑压压一片跪下去，便成就了她最后的繁华。没有谁可以独善其身，她的完满和齐全是因为你们的馈赠。

当我降落兰州，当我再次走到去往家的方向，千万个不愿、不舍、不忍拉扯着我。我的脚步滞重似铁，每迈一步都想退后一步。就在这一刻，如此彻底地沦丧了家的概念，家在哪里？我不愿回我孑然一身的家，我甚至忘了舟曲县城那个院子才是多少年我们真正的家。现在，我只想回到母亲最后的家，我的居斯。

我不想一个人待着。我想回到许多人中间。虽然没有一个时候，一种来自群体的同在感曾一星半点地抹杀属于我的个体疼痛，但我还是想回到他们中间。回到那绝无仅有的母语的庇护中。

母亲，我不想自己一个人待着。

五

后天，是母亲的四七。这么快，已经过去二十八天了。

今天是第二十六天。第二十六天，我坐到了键盘前，我开始写你，母亲。

我不是要纪念你，我是想要救出我自己。

曾经，我不喜欢一切的追思文字。我以为最痛的伤只能深藏在心，最苦的那句话说出来便失了分量。仅仅是在现在，仅仅是到了此刻，我才懂得，为什么杜拉斯说"身处一个洞穴之中，身处一个洞穴之底，身处几乎完全的孤独之中，这时，你会发现写作会拯救你"。是的，当所有的彼岸都弃我于无眠的夜晚，当白天接着夜晚一个个都变成无边无际的洞穴，我终于知道，我和所有的写作者一样，只能乞望于这样的拯救了。

我不试图写出母亲的模样。也许，关于母亲，关于她长长的一生，我终究不能不写，但那一天尚未降临。我也不试图提高自己，努力抵达人类共同的情感和经验，以文字表达痛惜和怀念，以文字温暖伤悲和残缺，以文字记录生命与尊严，以文字见证平凡和伟大——不，这些现在我还都做不到。我的悲，我的痛，前无古人后无来者，写出来却不过一堆泛滥的感受。

烈焰焚心，我沉迷于一己的执念，没有沉淀，没有提炼，没有结晶，没有升华。我打不开那面朝阳的窗，我的褊狭之笔无力成为一叶救赎之舟，泅渡我于黑暗的河流。

然而，我只能写出来。一枚钉子钉在我的胸口，我想把它拔出来。母亲最后的时日，我想一天一天一笔一画地写下来。

唯有写出来，记下来，我才能走过自己。

六

萧红说，我一生最大的痛苦和不幸，都是因为我是一个女人。

1932年，农历壬申猴年，在萧红的家乡哈尔滨落入日军之手，东三省全线沦陷的那一年，我的母亲降生于青藏高原南部边缘一个普通的藏族家庭。八十六年的人生中，她依次是父母的长女，六个弟弟妹妹的大姐，一个强势男人的妻子，五个儿女的母亲，十个孙儿的祖母，十二个重孙的曾祖母。她有时耿耿于自己吃过的所有的苦，所有的亏，有时又为今生的一切庆幸连连感恩不已。年纪大了，像个小孩阴晴不定，其实，许多时候她也拿不准自己。但毋庸置疑的是，她不喜欢在下一个纪元的轮回里，再做这样一个自己。她说，我要投胎转世为男人。

我下一辈子肯定是男人，一点儿问题都没有。

　　说到高兴处，她在花木掩映的庭院里站起来，目光烁烁，望向我们，望向高天流云，最后定定望向禁锢了她的晚年的那扇门。好像，她将要脱胎转世的那个男人，那个下辈子的男人，就要"吱呀"一声推开那扇门，走进来，走过来，站到她的面前。

怀念故乡的人，要栖水而居

再见到他时，他的脸确乎比上次更黑了一些。咧开嘴一笑，那双镜片下的眼睛满满都是高原阳光的味道。

他是我读鲁迅文学院作家班时的班主任，严谨而诚挚，但更多的交往是在毕业后。我从来都叫他陈老师，其实在我心里，他越来越成为一个好朋友。后来，他去了我的家乡。从此后，便对他有了一种特别的情感。只要想起故乡，自然会想起他，好像他已是我那片故园母土的一部分，好像他是我遗留在过去岁月里的一个亲兄弟——我多么怯于表达这种心情，因为，事实上，他只是那里的一个匆匆过客。2015年7月，他受中国作家协会的派遣，挂职甘肃省甘南藏族自治州临潭县冶力关镇池沟村第一书记，任期两年。

2016年7月，在他挂职一年后，我的同学们从全国各地汇聚我的城市。我是多么高兴啊，燥热的季节突然有了那么多清凉的慰藉。大家迫不及待要见到他，而我已比他们更多地见到他了。大家浩浩荡荡开往他的方向，而他的方向，就是我家乡的方向。这是怎样的机缘，回乡路上，我欢呼在欢呼雀跃的同伴中。仿若，从此不再孑然一身。

来到了熟悉的冶力关镇。去了陌生的池沟村。看到了他所做的一切，正在努力做的一切。冶力关镇、石门乡、羊沙乡、八角乡、池沟村、高庄村、莲花乡村、牙布山村，当他如数家珍地说起这些生僻的地名，当那些受惠于他的助学活动的孩子们的笑靥向日葵一般明艳地绽放，我的同学们是感动的、崇敬的，而我，除了感动和崇敬，还有深深的感激。

到冶力关，天池冶海是必去的。那一天，天空蓝得就像在给我们过节。

冶海位于冶力关镇北7公里处，山路逶迤，当我们越来越强烈地感受到高原阳光的炽烈时，那一面湖水终于如期而至。巍峨的石山环抱着她，阔达的峡谷荡漾着她，一碧如洗的天空下，她1.2平方公里的湖面熠熠闪耀着同样的蓝宝石色。同学们欢呼起来。在海拔2610米的崇山峻岭之间，陡地出现一处天然的淡水湖泊，这么一面美轮美奂的湖，也算是奢侈的遭遇吧。

我不是第一次来了，但我还是像第一次、第二次那样，听到了自己心跳的声音。它先是急促的撞击声，然后是万千思绪奔腾的涌流，然后是湖山之上的吉祥氤氲莲花般降落，轻轻沐浴了周身，胸口莫名的疼痛随之消释，心随着湖水荡起涟漪，一圈儿又一圈儿，远了又近了。

太阳永远浓烈，但风始终都在，蓝天碧水间，众山护佑中，经幡猎猎，龙丹如雪。当我深深地躬下身去，那首熟悉的歌词变成了纷纷飘坠的音符，缭绕不绝："那一刻，我升起风马，不为祈福，只为守候你的到来；那一日，垒起嘛呢堆，不为修德，只为投下心湖的石子；那一月，我摇动所有的经筒，不为超度，只为触摸你的指尖；那一年，磕长头在山路，不为觐见，只为贴着你的温暖……"

我的同学们，他们不知道，这个美丽的高原海子是甘肃境内"四大神湖"之一，在藏人的心里，她另有一个神圣的名字：阿玛周措。

草原正值一年里最美丽的时光，虽然同学们一遍遍地跟着陈老师唱："酒喝干，再斟满，今夜不醉不还……"但相聚像盛夏的太阳雨，噼里啪啦落下来，转眼就不见了。

时隔四个月后，我再次回到甘南。

漫漫回乡路。

山路逶迤，几近九曲回肠，但这并不使我讶异，或惊惧，多少次离乡—回乡—离乡，我对这条路的熟悉程度到了完全可以忽略不计它事实上每天都在发生的重大变化。但当窗外的物候呈现出更熟悉的风貌，当向往中的家乡风越来越真切地扑面而来时，我感觉到了与以往不一样的近乡情怯。是的，这一次，我是携着中国作协定点深入生活的任务，回到我的家乡——甘肃省甘南藏族自治州舟曲县深入生活。

我曾经以为，我是不需要到那里体验生活的。我一直浸淫于那一方水土热气腾腾的气息中，与它的生活水乳交融。那是一个群山环绕的小小的城，贫穷、落后、封闭、单调，勤劳朴拙的人群恪守着周而复始的农耕节气，和比寒暑交替更坚硬不移的习俗礼规。用功读书的少年，从小就立志远走高飞。事实上，那是一个美丽雅正的小城，北方古城的典型形貌因暖温带气候平添了几份水灵和旖旎。它多树，花香果香氤氲在润泽的空气中，弥散不绝。它多水，有"泉城"美谓，九十九眼泉流经城里大小角落，看门护院的大白鹅在水面上游来荡去，隔老远就对着抄近路上学的孩子嘎嘎地叫。一条激荡的大河，从西南方向穿城而来，呼啸而去。因为它，我的儿时波光潋滟，四季葳蕤。

多年后，我成为一个写小说的人。我写了不少故事了，但我还没有写到舟曲。甚至，我都没想到要写它。从一开始，我就不是那种善于挖掘、利用题材便利的作家。我总在写一些现时态的生活，而舟曲，毕竟于我已是一个需要回望的方向。还不到怀旧的年龄吧，将来总有大把的时间可供面对故乡，我这样想。我以为那个童年之城永远在我的身后，就像我愚蠢地以为我那个花开鸟鸣的娘家始终属于我——直到2010年，一场宿命般的夜雨，一场倾城之殇，把承载着我太多成长记忆的物事埋到了泥沙的深处。

就是这样，突然间，再也回不去了。

在灾难的两周年祭日，我完成了献给舟曲的第一部小说《雨一直下》。那是我自己的一个仪式。它虽未能有效解决劫难留给我的巨大的空和惑，但由此开始，我慢慢明白着自己和那座城之间的许多。我还不清楚这一切预示着什么，但一个故事之后接着是许多个故事，"往事不会逝去，往事甚至不会成为过去"，它必将在文字的镌刻中留下见证。

离开故乡的人，能栖水而居是幸福的。在我生活的城市，有一条更大的河自西向东，日夜奔流着。失眠的夜里，它的波涛声常常使我恍若身在故乡。事实上，我离开那最初的河流已经很久了。事实上，我之所以走上文学之路，就是因为有那样一条河，横亘在我寂寞的年少。记得人生第一首诗突然涌现的那个午后，风卷着枇杷花的芬芳，吹皱了少不更事的沙滩。命定的出发，就那样开始了。那时候，年事太轻，更多的隔绝和封闭，空无和荒凉，还没来得及展开，我不知道，那些珍重存留的，那些不忍作别的，最后，都要像细沙从时间的指缝中散落。

如今，所有的失去落地生根，那条河流却在梦里梦外萦回不已。我分明听到它两岸的蒹葭呼呼地掠过我的耳边。隔着二十年浩荡的时光，我依然辨得清那无与伦比的风声。文字的指引使我看清，这么久的踉跄前行中我在抵近着什么。我终于懂得，世间从没有徒劳的开放，兀然的飘零。原来，文学成为我疲惫生活中最后的英雄梦想，是为了以它稀薄的翅羽，为我构筑一角故乡的屋檐。是的，怎么能与一种来自血脉的庇护彻底错失？

然而，文字变得异乎寻常的困难，当我试图继续开掘业已开始的故乡题材时。之前的写作经验里从未有过这样多的停顿、纠结和思虑。不知道从哪天起，乡愁遍地，越来越多的人都说每个人的故乡都在沦陷，而我的故乡是那么势不可挡那么突如其来地完成了沦陷和重建。当我又一次站在故乡的大山下，寻觅曾经的足迹时，我看到了一座崭新美丽的舟曲新城。胸口堆积着种种感受，更多的是震惊、振奋和感动。那样的感动像极了一种疼痛、伤感：我那些逝去的亲友们，真的是永远地逝去了。而故乡，仿若是另一个全然陌生的城。

这才发现，其实一直以来，我的故乡想象停留在炊烟袅袅、鸡犬相闻的田园诗意中，它与那种庸常而肤浅的怀旧情调并无二致。但事实上，现在进行时态中的故乡早已被时代的车轮卷进了恩怨纠结的城市化进程。事实上，一次次的回乡之旅中，我看到的，听到的，感受到的，始终与最深入切肤的故乡真实，隔着温情脉脉的距离。尤其是，经历了 2010 年 8 月 8 日，我的母土大地上，除了削铁为泥的灾难，还发生了什么？除了泰山压顶的废墟，还面对了什么？除了呕心沥血的记忆，还告别了什么？而除了一幢幢楼，一座座桥，一排排渠，一条条路，我的父老乡亲啊，他们重建的，还有什么？

关于这一件件一桩桩，我从来不曾深切地懂得。原来，我一直站在故事之外，站在故乡之外，打量着故乡。

时间已是深秋，那天，车到舟曲城时，天一点点黑下来了。

我在夜色中徐徐前行。我看到了一种无边旖旎的夜色，它和我生活的城市不同，也和我脑海中那个根深蒂固的舟曲城的夜色不同。这夜色，氤氲着一种巨大的气息，那是安宁、祥和、沉静、亲爱。现下的中国，从大城重镇到小乡边里，都太缺乏这样的一种气息了。而这座遭受灾害重创的山地小城，在经历了世间最惨烈最黑暗的考验，见证了淬心沥骨的生离死别后，却结晶出了这样的气息，它就是夜晚最初的样子吧？它就是生命最本真的颜色吧？当我在重逢之夜流下猝不及防的泪水，我想，肯定不只是我，每一个踏上这片土地的人在扑面相遇的第一时间，都能强烈地感受到一种久违的抚慰，心灵经过最初的震颤和悸动，迅疾变得安静而满足。是的，还有什么不满足，当一个涅槃重生的新城以树荫下的婴儿车、夕阳中的老年广场舞和滨河路上牵手走过的对对情侣向你诠释幸福的含义？

后来几天里，我又在夜里走向街头。到处都是跳舞的人。我熟悉的旧广场，这次回来第一次看见的新广场上，都是健身广场舞、交谊舞，甚至还有街舞。我知道我为什么出神地盯着那些在乐曲中忘我地动作着的人们。没错，如今的中国，从城到乡，在哪个地方都能见到这样的情景，但这里是劫后余生的故乡，一切在我眼里便有了别样的意味。这样欢欣鼓舞的场面，更像是一种告慰和祈福、感恩和表达。那些面容沧桑的女人们是那么投入专注地做着简单划一的动作，仿若在举行庄严的仪式。

她们蹦跳着的新广场，曾是那个有美丽的景色和同样美丽的名字的城中村变成的大废墟：城关镇被整体冲毁了的月圆村。而今，月圆村不再，夜夜月圆依然。

我去了当年最初的事发现场，遭受重创的三眼峪村、罗家峪沟。虽然多少次在电视报道和新闻图片上见过那些地方，但一旦真的站到了那里，双目还是立即被刺痛，被灼伤。六年时间了，我清楚自己依旧无法面对。只有把视线急急投向罗家峪旁的受灾群众安置区，汹涌的泪水才能宽慰地流出来：那里，一幢幢楼宇依山而建，前后错落，浓淡有致，在高峻粗粝的群山映衬下，柔和得像是一幅水粉画铺到了川地里。

南街村的重灾户薛国新老人如今就生活在那个环境优雅舒适的住宅区。泥石流冲毁了他辛苦修建的前后两院，十几间房屋，一辈子的家业瞬间荡涤一空。事后，政府在安置区补偿了他家两套住房，去年他的儿媳又在镇政府的扶持下办起了养殖场。目前，一家人生活安定富足。老人坐在宽敞明亮的家里与我细述当年灾情，他再三感慨，没有党和政府眼下的这些好政策，老老小小三代人，遇到那么大的灾，家里连根草连片瓦都没剩下，到哪里落脚啊！一方有难八方支援，咱们舟曲人可是承受了全国各地多少恩人的帮扶，这些事你们孩子们要记着！

我去了正值秋收的玉米地、菜园和果园，感受了农民劳作的辛苦和欣悦，也参观了城关镇设立的文化站和电子阅览室，农村文化建设让人倍感振奋。正碰上各个乡镇都在忙精准扶贫工作，我便在城关镇女干部严燕和贡保草的陪同下走访了许多家精准扶贫户。中年妇女杨成先，丈夫遇难，她自己的腰椎被砸伤，基本不能干体力活。目前，靠政府的扶助供养两个孩子上大学。我走访时给她买了牛奶和水果，她立即洗了苹果，硬塞给我们吃。面对她淳朴的笑脸，我一句话都说不出来。她反倒像是安慰我似的，一遍遍说：娃好就好，国家在供娃们上学，娃们的书念出来就好了。

是的，孩子好就好。有孩子就好。有孩子，就有明天。

舟曲县位于甘肃南部，甘南藏族自治州东南部，总人口13.69万人，其中藏族4.6万余人，占34%。这里历来是汉藏两个民族共同生活的地方，灾难中他们风雨同舟，如今，也以不同的方式表达着同样的怀念。那天，我再一次去了在重灾村三眼峪旧址修建的特大山洪泥石流灾害追思园。没有雾霾的天空蓝得碧透，阳光很好，温煦地照在肃穆的纪念碑上，照在新修的山洪排导渠上。三三两两的人们坐在追思园的台阶上、花径旁，或轻声细语地交谈，或默声不语地沐浴着平和的太阳。那些撕心裂肺的哭叫声、肝肠寸断的呼唤声，那些在绝望的废墟上将手指刨出淋漓鲜血的场景，宛如从来没有发生过一样。

岁月静好。一切都化成了平静的缅怀。

我遇到了几个藏族妇女，她们鲜艳的装束引人注目。我一开口，她们惊喜地捂住了自己的口，你是藏族女子？开朗直爽的她们，不一会儿便给我讲起了泥石流灾害中亲历的往事。那些解放军，那些兵娃子，个个都是好样的！她们说。她们叫他们"金珠玛米"。这来自我的母语的称谓，曾在社会主义初期的新中国，通过藏地电影和歌曲，被更多人所熟知，而今，它一声声在耳边盘旋，令我回到了一种久违的感动中。

我被一个藏族阿妈的吟诵声所吸引。她，坐在追思园纪念碑背面的石阶下，手捻一串佛珠，口里反反复复地念着：唵嘛呢呗咪吽，唵嘛呢呗咪吽……一件宽大的深色衣袍罩着她，低沉而悠扬的吟唱绕着她。她，是谁？有着怎样的故事？她是在祷告亡灵，还是在救赎生者？她是在倾诉往事之殇，还是在感恩眼前之景？我不由自主地走近她，却又悄悄地退开。而她一直坐在那里，不为周围所动，她的目光是伤痛的，又是安宁的，她沉静地注视着身边的花园、树木，就像旧日子抚慰着她自己。

我终于离开追思园时，阿妈还在那里念着。我觉得那声音一直跟着我，一直跟着，而且越来越大，变得无穷大，就像那是从草原的尽头，大地的深处，神山的高处，一齐吟诵的嘛呢声。我在那样的万众一声中，突然觉得自己再一次抵近了故乡。我已谛听到了母土的命脉之声。

就是这样，每一天都走在触动中、感怀中。我不知道，此行能在多大程度上完成自己深入生活的目标，我也不再去想，怎样的途径才能更好地排解我的故乡书写中遇到的重重障碍？沉重的思念和莫名的愧疚，使我只想投入地走一趟，真切地感受一回，聆听故乡最温热动情处的血脉之声。

老城区每一个角落都焕发了新颜，泥石流灾害中唯一未受灾的西街村，历来是举办元宵节松棚灯会的地方，现被政府打造成中国楹联文化长廊，越发地有了民间文化艺术的浓郁氛围。走在这条街上，舟曲民俗以独有的风情使人流连忘返。溯江而上，青山相对间的峰迭，舟曲新区拔地而起，明丽的特色民居、现代感十足的场馆、整齐的办公高楼鳞次栉比，交相辉映。楼间道旁，到处是蓊蓊郁郁的绿植。灾害之后，为缓解人口压力，县城被"三分天下"。如今,老城重建日新月异,新区又如此美丽的落成,舟曲规划治理的这种"双核"结构,将一个安居乐业、生态文明、安全和谐的新家园完美地呈现在人们眼前。作为边远贫困县份,这一切绝非一己之力,舟曲县灾后省内外对口援建、代建与自建相结合的重建模式,可谓国内灾后重建的一种全新的科学的模式,为全国人民的关爱交上了一份满意的答卷。泉城舟曲,藏乡江南,无论新旧,都是感恩之城。

　　转眼又到了再一次作别的时候,当我站到老城区的十字街上,内心的感受比以往任何一次都更复杂,更难以言表。目力所及,到处是密密麻麻的高楼、漂亮的新楼。它们拔地而起,遮去了远山,遮去了星空和月色,只让夜幕下的一切沐浴在霓虹的招摇中。是的,夜色变了,人流变了,一切都变了,可这十字街,却还是二十年前那条街,是三十年前那条街。这是多么好的事啊。多年来,只有走在这条旧街,这条旧路上,我才觉得自己确实是回到了舟曲的土地上。而这次,我开始懂得,开始接受,所有的新和旧,都是我的故乡。而所有的重建,所有的崛起,所有的发展,比所有的逝去,所有的坍塌,所有的沦陷,更应该是我的故乡。那么,就让脚下这条旧路,连接过去,见证未来吧。

我在离开的最后一天，见到了泥石流灾害纪念馆的任润基馆长。讲起他的纪念馆，讲起他在纪念馆度过的这几年时光，那个朴素平和的小城干部，突然爆发出了出乎意料的激情。压抑的激情，伤痛的激情，比那些我司空见惯的诗意的外在的激情更有力，更不容置疑，我几乎是在他张口说第一件事的时候，便感受到了他的执着、他的热爱。他说关于这场灾难，关于这期间发生的一切的好和坏，他的心里沉淀了太多，但他写不出来，他甚至无处言说，他能做的只是坚持让纪念馆成为真正的纪念馆，一个静穆、厚重、有文化、有灵魂的地方，而不是邀功乞怜的苦难表演，更不是地方旅游经济的商业牌码。

我得承认任馆长给我的震动。那些说出来的和没有说出来的，我都懂了。他说得对，这一切不仅应该永远珍存在人的心中，更应该留存在文字中。文学的观照将抚慰过去，现在，将来。可我只有惭愧。他极内行地说，你写小说的肯定不行，虚构文体不行，舟曲的故事，埋葬在我心里的故事，只能写报告文学，只有报告文学！

暮色温柔，我久久踟蹰在河流边。我知道我无力诉说它带走的所有的岸。这是一个写作者永无止境的痛。谁能了解时光背后的东西？流逝与恒久，领受与馈赠，这些都是一辈子的事了，而我还远未收获到与自己曾无数次感受过的那些漫漫长夜相称的广阔，我唯有在一次次的渐行渐远中，重新抵达岁月深处的故事：关于舟曲这座城，关于我广袤的甘南，关于蹒跚学步时就远离了的遥远的草原和村庄，古歌般的记忆里，我的母亲挥手作别的水草丰美的家园，那些混沌无名的时间，随日光流年渐次隐退的爱恨情仇，那些闲云成雨的人生，百转千回的溪流，在大地的皱褶里无声地流淌，像是遗忘般诉说着苍茫大地上亘古不息的欢乐与忧愁、消逝与生长——所有这一切，都还没有来到我的笔尖。

我又一次想起任馆长的话。没错，也许确实只有报告文学。可是，一个写小说的人走过的路上，怎么会有被浪费的经历？暖流在心底奔涌，像是喧腾的白龙江水，又像是清冽的老城山泉，那么甘美，那么澄净，那么切近，又那么无限，这是我终于在时光中等到的一个巨大的馈赠。我甚至闻到了它遗留在青春年少的气息，也听到了它在今天历久弥新的流淌声。

想起了远方的阿玛周措。在距离二百多公里的另一个县，另一个镇，陈老师，他好吗？这个季节，冶力关已是飘起雪花了吧？七月里我们深深沉醉过的花开如海，此时该成了无垠的空旷和寥落。在甘南，太多的人要用一生的时间去慢慢懂得这片土地的凛冽、丰厚和深广，而陈老师，他还这么年轻，却已邂逅了如此不平凡的使命。当他前来，也许只是一种偶然的机遇；而当他离去，两年时光里跋涉的山和水，经历的人和事，遭遇的风和雨，已成就了他最富丽的一段生命。他的执着，他的明媚，他的热爱，他的付出，珍存在"千村美丽"示范村池沟的记忆中，珍存在那些老人和孩子的眼眸中。而这片土地赐予他的，也将长久地留存在他的心灵中。

而我，也该离去了。那么，让我再一次，郑重别过，我的舟曲，我的甘南。让我再一次，把画家达利说过的那句话说给自己：我什么都不放弃，我还在继续。如果对故土的审视，必得以候鸟的姿势才能完成，我只能继续前行。也许，前方尚未澄明，归途已相失于云水，但我相信，只要心底有一条回乡路，所有的断肠春色便都在。

就算时间带走了所有的岸（二则）

《就连河流都不能带她回家》

我还是想，一直在想，如果，我哪怕有一丝半毫的预知力，那么，我的 2018 年，最终会不会有一点点的不一样？

这一生，注定有一些年月，有一些时间节点，会从漫长的日复一日中脱颖而出，成为生命中的特殊纪念，一个痛点，一个死结。可是，当它已经逼近你，当它已经用黑手叩响了你的门环，你却是浑然不知的。

起初，一切看上去是好的。似乎比以往要更好一些。旷日持久的失眠在孩子暑假回到家里后，有了明显的改善。于是，带她去了甘南草原，去了川西藏地。对于一个生长在城市的藏族孩子来说，这是第一次比较深入地了解母族文化的壮阔和瑰丽。一路上，阳光越来越炽烈，心绪越来越飞扬、沉静。然后，回家——白龙江边小城里那个我称之为家的院落。母亲从浓荫下，藤椅上，颤巍巍站起来，迎接我。她每次迎我回家时，脸上的泪反而好像我就此要离去。

就是在这一次，哪怕是在这最后的一次，她也并不比半年前更衰弱。

娘家小城里，我的闺蜜发小，也有三五文友，他们往来言语间，提到我的创作。那一年刚刚新出的小说集，有人拿来签字。这样的时候，母亲便常常盘旋在我们周围，事实上，她并不十分听得懂我们在说什么，也不知道那是一部怎样的书，但她还是随着我们的谈笑，极为开怀地笑。单是女儿写了书这件事本身就足以让她无限欣慰。她是那么骄傲于自己的女儿成了"写书的人"。记得很清楚，有天黄昏，当我送走客人回来时，她坐在我们刚坐过的地方，一只手紧捧着我那部小说集，另一只手轻轻摩挲着精装的封面，双眼闪亮。那副场景，我不是第一次看到，但我还是感到了比以往更有力的一种震撼。我蹲到她的膝边，告诉她，她手里的书是别人的故事，将来我会出一本书，那本书里有她。你要把我写到书里？她问，然后更郑重地捧起书：我有什么好写的！她脸上的笑，是孩子般的天真、满足、羞赧。

这张笑脸，现在，常常在梦中伴着我。

我说的将来要出的那本书，就是散文集《就连河流都不能带她回家》。我已经有五部书了，都是小说集。很久以来，我想有一部散文集。但人们似乎已经习惯了我是一个写小说的人。2011年，我入选"甘肃小说八骏"。在此前后，得过省内外一些奖项，也都是小说方面的。我不是那种眼明手快的写作者，我写小说写得很慢，出活太少。但尽管如此，我至今也有了五部小说集。事实上，比小说写得更慢、更持久的是我的散文。距离最初发表散文已经二十多年了，从那个时候起，我从未中断过散文写作。小说，是对纷繁世界的凝视和考量，是对现实人生的叹惜和建构。写小说的人，有时是人群之中惺惺相惜的柔软之心，有时是窗帘后面无奈泪湿的窥探之眼，而有时则是稿纸上笔起刀落的决绝之手。但到了散文这里，事情便成了另外一个样子。散文之于我，意味着在匆忙庸碌的日常中，我突然停下脚步，瞥见镜子里的自己。无处遁逃，无可遮掩，我只能与镜子里茫然失神的女人，面面相觑。是的，散文是我与我自己的狭路相逢，是我与我自己的短兵相接。没有哪一种文体，会像散文一样与我彼此玉成，两败俱伤。

断断续续，二十几年就这样写下来了。其间有些篇目得以发表，有些从未示人。这些尘封在时间中的文字，就像揣在我胸口的一群白鸟，它们以温柔的翅羽抚平了我心灵的皱褶，以尖锐的触角扒开了生活的伪饰，让我看到日子里落进了更多的灰。我热爱我这些散文，因为我热爱已过不惑之年却依旧活得这样迷惑这样赤诚的自己，我爱我自己小小的悲喜浩荡的人生。

我的人生，充溢着我的母亲。一个生于20世纪30年代的藏族女人，她无缘和"文学"发生关系。我曾经羡慕过一些作家有妈妈可以作启蒙老师，两岁时咿呀学语"春眠不觉晓"，八岁时拿来《红楼梦》，十四岁时一起谈论哈姆雷特。而我的母亲，她从不曾留下陪我吟诗涂鸦的亲子记忆，漫长的唯有我俩母女相伴的冬夜里，她哼唱的许多母语的长调，我从没记清过那些迂回反复的歌词。当我像一棵被连根拔起的幼苗在汉语的晨昏重新学会发芽、抽枝，跌跌撞撞地生长，她只是那个爱莫能助的旁观者。是的，就是这样。但当我拿起笔，她始终是我所有文字中那个最强大的存在。她无处不在。尤其，在散文这种极自我的文体里。

所以，我知道我在等待将来出一本书，那本书里有她。那本书是献给她的。

终于，在2018年，我以散文入选了"中国少数民族文学之星"，我的第一部散文集要问世了。却原来，念念不忘，真有回响。

然而，得知这意义非凡的喜讯是在母亲的病床边。然后，第十四天，母亲走了。然后，在她出殡的第二天，我赴京参加了散文集的改稿会。再然后，在她七七祭奠的第二天，也是因着这本散文集，我随中国作协采访团去了南海三沙市永兴岛。一路天涯海角，不知今夕何夕。

一本书的即将问世，一个人的遽然离世。这看上去似乎是毫无关联的两件事，而且，根本不具备等量齐观性。但在2018年，它们就这样接踵而至，缠杂交错，横亘在我的每一个日夜交替中。并且漫延不绝，正在构成更长的将来。

一年过去了。多么难过的一年，感觉怎么也过不去的这一年，竟然也就这样过去了。

我知道在这样一篇创作谈里，抛开创作话题回述如此私人的生活境遇，是不适宜的。我一己的迷思执念，我的偏狭之笔，来不及沉淀和提炼，缺乏结晶和升华，尚未掘进到人类公共情感和经验的幽深，抵达文学应有的高度和广阔。但关于这本书，我最想说的就是这些。又是一个春天。雨水。惊蛰。春分。窗外，一天一个样子。仅仅是在去年，我还在《致母亲》中咏叹："走进榆叶梅的花海，我猝不及防跌进了修辞的包围中——它多么像你的一生。那么多的春天，那么多的捧出。"而此刻，又一个春天呼啦啦全开了，我却被一枚钉子钉住了心和口。

关于这本书，我还能说什么呢？和转眼间就荼蘼的花事一样，这么快，它就旧了。仅仅是在去年，它还象征着一种美好的将来。我曾一次次地想象过我那些零落四处的散文结集出版的样子，它的颜色、芳香，它敝帚自珍的重量。现在，它就在我的手里，这最初的欢喜，最后的殇。我曾一次次地想象过我把它交到母亲手里的情景，我从来没有想到过，印在扉页上的题词会多出来这样一个锥心刺目的字：谨以此书供献给我的母亲。供。一字之差，天地浩渺。

如此，也必须重新启程。走下去，写下去。是的，不能被述说的生活，在经历了这么多之后，依然是无法想象的。写散文，还是小说，从来都不重要，重要的是在这个如此美丽如此伤痛的人世，我怎么可以停止歌唱和哭泣。我怎么可以说：我一无所有，我两手空空。

而这本散文集之于我，是永远的，唯一的。时间带走了所有的岸，那个曾经的港湾已彻底湮灭，但尘归于尘、土归于土，我，在这本书里，在文字的救赎中归于和母亲十指紧握，永不分手。这不可救药的人生，这纷纭而至的命运，从此我不再轻言放手。

《悲伤的西班牙》

是先有了题目的。悲伤的西班牙。20世纪90年代的某一天，当我初遇这六个字，我便被一种奇妙的语感，语感后面一种无可名状的意味，深深打动。

《悲伤的西班牙》，只是一支吉他曲。

那时候，我还没有开始写小说。但显而易见，我是一名标准的文艺青年。那时候的大学校园，吉他是文艺青年的标配。我也曾弹拨简单的曲子，但回想起来那简直像是一种姿势，更多的时候是听。齐秦，民谣，乡村，还有摇滚。青春是那么寂寞的事情，风和日丽的成长中隐藏着残酷的疼痛，躁动与迷茫，绝望与反抗，都找不到恰当的出口，年轻的心日夜战斗在无物之阵中。那时候，我不知道唱出一首情感浓烈的歌曲和提笔写下一首自认为寓意深长的诗歌,到底哪一个才能有效地表达自己。是的,音乐之于我,从来都是和文学一样重要的事。

那时花开,我用音乐的蝉翼包着我的火。

但突然就听到了《悲伤的西班牙》。它与我以往的吉他喜好并不合拍,它是古典的、柔婉的,但它从所有的声响中脱颖而出,绕梁不绝。它像一场温柔的雨夜,不期而降,婆娑不止。每一个音符,每一处旋律,明明是一见倾心的邂逅,却满满是久别重逢的感怀。从此,生活中循环往复着这支简单的乐曲,二十多年来没有间断过。

流年如风,千帆扑面而过,中年就这样降临了。几乎是毫无察觉,失去,连绵不断的失去逐渐成为生命的常态。曾经的日子中很重要的一些拥有,似乎不再重要了,譬如一支曲子,一段心事,一份爱情。取而代之的恰恰是曾经视而不见的许多,腰腿、颈肩、肠胃、三高,等等。似乎越往前走,就越深切地感受到自己原来是属于身体的,属于一副躯壳皮囊。多么痛的领悟。

然而,这并不是真相。真相是衰老、疾病、疼痛并不重要,重要的是你眼睁睁看着自己走向一条下坡路,却无法掌控自己趔趄的脚步。当荒凉和枯败像箭镞迎面呼啸而来,你甚至无力躲闪丝毫。这才是最要命的。这种心绪——妥协，放弃，认命。一些支撑，一些信念，哗啦啦如大厦倾。

我看到、听到太多的中年故事，当然，更多的是女人故事。一个很漂亮风韵的女子，俗话说"事业爱情双丰收"的那种，突然被查出得了癌症，突然就撒手人寰走了。大家怜惜她的华年早逝，更同情被扔在半路上的她的老公。但一年不到，她的老公竟有了新女人。虽然没有人认为孑然一身是他对亡妻的唯一怀念方式，虽然没有人要求他应该自绝于幸福，但当他以泛着中年油光的笑容出现在人们视线中时，许多人的心莫名地冷了；一个女人，温婉知性，老公出轨了办公室同事，私情暴露后还藕断丝连，但她选择了不离不弃，连旁人都替她不值，她说：我哥嫂嫌弃我妈，我老公不嫌弃。从他亲手把我妈搀进家门的那一刻，我就告诉自己，这个人，无论怎么恨他，也要爱他；另一个女人，却恰恰相反，在临近知天命之年自身并无任何优势的情况下，不声不响地离了婚，并不是男人出了什么状况，而是她自己丧失了和他继续生活下去的心力。她说你们知道连吵架的热情都没有是什么感觉吗？还有一个女人，一年四季一顿不差地在家做饭，就是在她生病时也从来没吃到过老公做的一碗粥。要好的女同事骂她太忍让，你在外面也是受人尊

就算时间带走了所有的岸（二四）

· 105 ·

敬的职业女性，凭什么在家就成了老妈子？她答：当年，我马上要和他结婚的时候，却有了外心差点分手。我一直觉得对他有愧疚。原来是这样。可是，一辈子这么长，同床共枕的一个人对另一个人愧疚了一辈子，那愧疚还是愧疚吗？

太多这样的故事。它们不绝如缕地走进我的生活，渗透我的忧思，却无法抵达我的笔下。我离这些人太过切近以至于面容模糊，我知道每一个个体新鲜的切肤之痛早已沦为千篇一律的文学书写，我又如何让这些庸常琐碎的烟火故事在我的笔下找到独辟蹊径的切入口，实现有力的表达？我常常彷徨在小说的伞下，听那些抚之不去的生命密语在耳边呢喃。一些人来，一些人去，那些永不能盛放的心灵褶皱，我依旧无法一一抚平。是的，提炼和结晶从来都不会像伞外飘洒的雨花纷至沓来，甚至，就连诉说也是艰难的。

有一天，看电影《依然爱丽丝》。最初只是因为那是奥斯卡影后朱利安·摩尔主演的影片。但只几分钟的时间，电影便让我忘了朱利安·摩尔，一个叫爱丽丝的女人以她绝无仅有的眼神攫住了我的心。正藉盛年的大学语言学教授被诊断患有遗传性的阿兹海默症，她一点点面对着记忆的流失，面对着自我的遗忘。她一点点地失去着，失去所有。但最可怕的甚至不是

走出巴颜喀拉

失去，而是"失去"的能力，因为她已不复记得自己的"曾经拥有"。

阿兹海默症，我当然是知道的。我院里的同事，我外地的同学，都有亲人得过这个病。我也是一个惯于看电影的人，"苦难"是电影的恒常主题，尤其"疾病"素来是故事片里被信手拈来的元素，那些被置于极端情境的生命提供了现成的道德困境、伦理冲突、悲惨情势与超越时刻，所以，《依然爱丽丝》并不是一部多么独特的、了不起的电影。但它如此地震撼了我。一种恰逢其时的启示。那个眼神，我遇见了，便再也不能忘记。爱丽丝的眼神。从满眶的自信和幸福走向惶恐不安、痛苦、挣扎，走向崩溃、犹豫、木然，最后走向彻底的空洞，像赤条条漂浮在大海里。

一个不断失去的的眼神。一个再也无力"失去"的人生。

中篇小说《悲伤的西班牙》就那样写出来了。是"失去"触发了我。好像，我的"失去"在岁月中伺机而动，只等和爱丽丝的"失去"相遇、碰撞，便一触即发、破茧成蝶。当然，这是一个和电影《依然爱丽丝》完全不同的故事。我之所以让故事中的阿潘教授也患上阿兹海默症而不是别的什么病，仅仅是想致敬电影，致敬那个让人全身战栗的眼神。事实上，得什么病并无区别，重要的是我想表现生活中，曾经那么才貌双全心高气傲的人，如何在衰老与疾病面前渐渐低到了尘埃里。我想写出中年女子在生活中感受到的无处不在的孤独。正如小说发表时杂志的"主编推荐"语所评价的："作者以温婉细腻的笔触，成功刻画了三个孤独的女人。黛诺无疑是孤独的，否则不会因为遇见相知的男人而愈发感觉自己身体里的'寒'。何琦的欲盖弥彰，其实是一种更为深切的孤独。至于阿潘，若不是孤独到绝望，又怎会沦落到如此悲惨的境地？作者对于婚姻、爱情乃至人生或人性，都有着极为清醒而透彻的认识，这种清醒与透彻，已经接近于残酷了。当然，优秀的小说家大多是残酷的，他们热衷于赤裸裸地呈现事物真相，却从来不管读者是否愿意承受。"

走出巴颜喀拉

就是这样。似乎是一个灰暗的故事。但我依旧不甘心。所以，我让我笔下的女性坚持发问：如果人生是不快乐的，那么，它至少也应该是值得的吧？为什么要在漫长的无意义中走到底？

和我许多的小说一样，《悲伤的西班牙》中，我写了三个女人之间真诚、坚固的友情。这样的人物关系设置，来源于我自己的生活。我有几个亲爱的闺蜜，她们曾经见证了我的青春，如今将要和我一起走向白发暮年的风景。她们参与着我终其一生的成长。友情之于我，从来都不是可以忽略不计的事，它和亲情一样浓重，比爱情更为坚韧，它是千疮百孔的生活中一地碎金般明灭可见的坚信。我喜欢让笔下的女主人公，总有一个惺惺相惜的朋友，一如我喜欢我的生活有闺蜜的陪伴。只要她们在，老妇便立做少年狂，快乐喷泉般挥洒。我让她们走进我的小说，她们便成了完全不同的另一些女人，活出了迥然不同的人生。但我知道，那些摇曳生姿、活色生香的女人，那些在坏天气里不辍劳作，在黑夜里独自饮泣的女人，就是她们。有一首甜美的情歌，我一直是唱给她们听的："我能想到最浪漫的事，就是和你一起慢慢变老……"

　　写这篇创作谈时，我游历在美丽的南方。时值初冬，但所到之处目力所及尽是绿色。我并不贪恋这样的绿，因为它貌似郁郁葱葱，但细看却少了春绿那种盎然蓬勃的生发力，少了夏绿那种流光溢彩的恣肆劲。这不合时宜的岁末之绿，它努力、牵强，想要以不褪色的繁荣遮盖潜滋暗长的颓黄和败落，但它无力漫涨向上的葳蕤之枝，它到底是疲顿了、黯淡了。仿佛，连太阳都被这样的殚精竭虑牵累了，每天都是雨天。

　　我在一望无际的愁绿中怀念我万木凋敝的北方。我依然愿意相信，岁月极美，在于它必然的流逝——春花，秋月，夏日，冬雪。《悲伤的西班牙》逶迤不已，像流淌的清泉溅醒径自回忆的鹅卵石，像烟花在夜空兀然绽放又迅即消逝了璀璨。想起二十年前在音乐里不眠的自己，我不禁含泪微笑，何至于说悲伤？顶多是寂寥罢了，像夜雨一滴一滴敲打在玻璃窗上。顶多是空旷罢了，像一个季节已经远远地走了，一些怀念却还固执地守在旧颜色里，不肯温柔地死于宿命。

走出巴颜喀拉

那个春天，堕落于爱和更爱之间

　　当我再次抬头望出去时，我看到了那一树粉白的樱花在我的窗前绽开了雪也似纷纷的花朵，以及，更远处的某一处，淡淡地氤氲着明艳的色块，那娇黄，该是迎春，而像一只只振翅的白鸟镶进灰色天空中的，只能是玉兰的姿势——可这，是什么时候的事？明明，寒流前几日刚刚席卷过我的城市；明明，天气预报说，它即将还要光临。

　　为什么，我总是嗅不到第一枝春天的气息？

　　为什么，我总是不明白川流不息的冬去春来中逝去的那一个自己？我从一个地方急急赶往另一个地方，我走路总像在奔跑。但在貌似焦灼于光阴的紧迫中，我日复一日，让时光在面目全非的荒废中流走。事实上，总是有人更洞悉我的虚度，半生为人，听惯了你要是抓紧时间肯下功夫便会怎样怎样诸如此类的忠言劝诫。是的，我若抓紧时间肯下功夫，相信人生已然是另一种风景。甚至现在，我若抓紧时间肯下功夫，有太多事情或许还来得及。然而，那些有重大意义的动作，那些我终究不能完成的业绩，潜伏在等待中，已一点点接近于风化。它们被我伤透了心，就像一顶旧草帽，终于被风鼓荡而起，扣到了另一些更有准备的人的头上。

女儿说，妈妈，我们开始排练毕业典礼的节目了，到"六一"儿童节，我们要给家长表演，还要和老师告别，和中班、小班的小朋友告别，反正，到那天我们幼儿园会有很多人，你要穿上那件漂亮的连衣裙来参加。我怔怔地望着她，一时间不能明白她和毕业典礼这样的词语之间的关联。这么快，她就要告别滑滑梯、蹦蹦床和旋转木马的快乐相伴，让小小的肩背驮上沉重的书包，从此开始一步步走进无数不情愿的日子？这么快，曾咿呀学语的她就能如此清晰地表达自己小小的虚荣了？是的，她希望我能更鲜艳地站在许多妈妈的中间。那对于她，肯定是一个重大的日子。

而镜子里的我，一副与窗外的春天极不呼应的样子。这样的表情和姿势，定然不适宜出席将要隆重降临的那个儿童节。这样一天天消磨下去的我，或许越来越不适宜出现在我的女儿将要接踵而至的更多的成长仪式中？那么，一个注定要渐行渐远的女儿，她到底更需要一个让她骄傲，成为她榜样的光亮的母亲，还是被一辈子的鸡毛蒜皮折损了心智的庸碌的妈妈？在偶或闪过的警醒里，我忍不住这样想。这样想时，我仿佛已经看到了自己最后的一幕，容颜凋落，心神枯干，在未来的美丽新世界紧闭着的大门外瑟缩发抖。这无事生非的臆想，看起来更像是一种水落石出的谜底。我时常为此陷入弥散不绝的凄惶。说到底，我终究是一个自私的人。

已经很久了，关于生活，关于生活中一切好的、坏的，我正在从头开始学习三缄其口。我不再将纷纷的意绪诉诸笔端，文字的润泽，像一管被挤瘪了的牙膏，喷涌而出已是豪奢的想象。是的，我匆匆穿梭于活着的一切具象化过程，忘了有一些心愿曾经那么切近地照耀在我的头顶。写得密密麻麻的那本旧笔记簿，其实还有最后的二十页空白，如今它躺在步步为营的灰尘中，不忍回眸正视我的困顿，如同我以同样的一言不发逃避着我的遭遇。

也许，我是在等待什么？或者，我只是还不习惯一场旷日持久的冬天终于过去的事实？其实，习惯总是伴随着承受突然地发生，从来不会有一个春风化雨的过程，让你反刍所有的来龙去脉，一切的可疑，和许多值得辨认的细节。一个人要走过如影随形的戕害后，才会懂得，一些时间渺如云烟，而另一些，总是长得像透不进光亮的隧道。

没错，事情就是这样，一次失败之后，必定还有许多次。我从遍布的沉沦中走来，前进一步总仿佛倒退一步，只空自消磨了些根蒂。那些终被挥霍的怜惜，那些焚心以火的喟叹，那些落地生根的荒凉，它们像一座座峥嵘的冰山，凸出在我所经历的岁月之海中，仿佛每一座都别有深意，最终却无一幸免地融进了最庸常的撤离。谁说人不能两次踏进同一条河流？去年的堂前燕子翩然飞来时，我仍困守在残羹冷炙的重复中，就连茕茕孑立的身影都显不出意料之外的被放逐。又一年就这么过去了。

母亲来电话说让孩子吃好穿好，千万别生病。总是这样。总是说不尽的孩子，我的孩子和更多的她的孩子们的孩子。而我也习惯了开口第一句就说：妈，你好吗？孩子挺好的！从我成为妈妈的那一天起，母亲就把放在我身上的一颗心放到了我孩子的身上。这就是母亲的时间，我七十三岁的母亲。她做过

走出巴颜喀拉

的饭菜已长成我们身上的血肉，她臂弯里的孩子一个个长大，走向远离她的世界。可孩子们长大后又有了孩子，我的母亲的时间仿佛是一座不断吐故纳新的仓房，从没有过青黄不接的空陋。但为什么，充实和虚弱越来越长成了一样的面孔？真的有一座这样的仓房，在我母亲的生命中吗？有谁真正懂过，又有谁真正愿意去懂，岁月带走了我母亲的什么，又留给她什么，如今，还有什么是她能紧握在掌心的？

没有谁能了解时光背后的东西，其实，对于我的母亲，许多事情还没开始就已经结束了。或许，她都来不及回忆那最初的一步是怎样迈出的，转眼间便荒芜在微不足道的错误里。这仿佛是千年的定局，残阳真的如血，那种搅浑了一切天命的黏稠，那种冲淡了一切戕害的释放与凝固。我的母亲在走过的路上，唯一学会了熟悉它。熟悉藏匿、牺牲，以及光荣的难以为继。但没有什么，比爱的承诺和坚持更为重要，我白发苍苍的母亲啊，仅仅是在三年前，她还让自己笑得那么年轻，还那么执着地沉醉于手中的粮食和蔬菜，那是她一生的物质生活，也是从无旁枝逸出的精神砥柱。忙碌在厨房的油烟中，我的母亲，总无暇抬起头打量四季在她窗前的绽放，但一个热气腾腾的院落，就在她的眼皮子下面。它在，她所有的苦心经营便都在，她所有的旖旎情致便都在。那个让人过目难忘的庭院啊，哪一处角落不是对我母亲浪掷了的年华的证明？每年春天，红玫瑰和紫丁香总是同时开放，梨花溶溶、芍药灼灼恍若画境，天气热起来时，高大的芭蕉树撑起了一树清凉的阔叶，蔷薇硕大的花瓣一直攀到了金银花墙上，石榴花是火焰一般的，还没等到满树盛放，整面的青砖墙便被蹿红了，寒露时节，葡萄架下云蒸霞蔚铺开了各色菊花……

就是这样，我的母亲曾使我那么真实地拥有过一个梦似的花园。现在，没有了。

现在我在另一个春天，确认着自己和那个废弃在花木如荫中的娘家之间的距离。我知道，远方在发生着什么。这一天一天熬下去的春光，对我母亲意味着什么。朵朵昨日之花，变成了一根根黑色的芒刺，在深溺无底的梦境里扎进我喊不出声的胸膛。而母亲的眼神依然有着光热的穿透，当许多事物的真相脱颖而出，一些水乳交融的人情渐成秋后的草场，如一场终于散了的盛宴时，我的母亲，却还没有学会接受自己的不能馈赠、无力馈赠。她已完成了一生的充分燃烧，当火星灼痛双眼时，她不懂得那不过是余烬在烛照记忆，她总是恪守着自己内心的规则，开口便是过问、劝诫、叮嘱，她仅剩的所有的热情都是关于孩子。总是这样。总是说不尽的孩子，我的孩子，和更多的她的孩子们的孩子。她看不见自己，当她蜷缩在被筒里，她就单薄得像一个孩子。当她立在人面前，她一天天矮下去，更像一个孩子。一个已然失去了生长和前途的孩子。

终于到了这一步。爱，一度是神话，后来便成了一种习惯，成了恒久忍耐的生活本身，再后来，走到岁月的尽头，它是绝境。

倒春寒果然说来就来，昨夜，连风都失眠了，呜呜的声音撕裂了案台上我刚刚写到第十七行的关于玉兰和白海棠的诗稿。我知道气温正在逆向前行，以最快的速度逼近零摄氏度以下，我知道有一场雪将要落下，那么，那些已经开了的花，这个已经莅临的春，在乍暖还寒的凛冽里，是怎样一副最难将息的姿势？我是如此急切地想到了它们，可我终究是不能捂暖它们的，我与它们隔着两层窗玻璃，一个长夜的距离，甚至在一首终于动笔了的构思中，我都不能将关心进行到底。半途而废，妥协，放弃，这些居心叵测的词语总是藏在更多词语的后面伺机而动，一有风吹草动，便倾巢出动，鱼贯而上，我和我孱弱的笔在这样的全线出击面前，总是溃不成军。是的，当又一篇文字宣告流产时，我是无奈的，无力的，而不远处，飓风正在凋一树一树的繁花。大雪助纣为虐，带着这个节气才有的沉甸甸的水分，重重地压向在风中凌乱的残红愁紫。

送女儿上幼儿园，她不明白自己的棉毛衣裤为什么已被收进了柜橱却又拿出来套在身上。一个快要幼儿园毕业的人了，却还是不明白天气的反复无常和寒冷卷土重来的速度与力度。她穿戴得像个小狗熊，极不甘心地瞪着镜子里的自己，再一次发问：妈妈，今天真的不可以穿裙子吗？我五岁的女儿对穿裙子有着近乎狂热的追求。为什么天天都不能穿裙子？老师说迎春花都穿上黄裙裙了，我也要穿！她气愤地摇着我的胳膊。有时候，她会因此哭着不肯出门，委屈的泪弄花了她胖嘟嘟的小圆脸。然后我牵着她走进清晨的冷空气，袅袅白汽随女儿小小的话语飘荡。妈妈，我可以先玩滑滑梯吗？我低下头，女儿的小脸上是让人不忍拒绝的祈求。我回过身，被风雪扫荡过的校园里，所有童趣缤纷的色彩上都抹上了难以面对的冰冷和坚硬。我知道我宁可毁掉女儿新的一天的又一个快乐，也不愿让她的小屁股坐到结着冰渍的塑料梯椅上。不，宝宝！早上不能玩滑滑梯，现在天还没有暖起来。

像个无助的小猫咪，我的女儿低眉顺眼被牵进高高的楼，我望着她的背影，掌心骤然失去了一双小小手隔着毛手套传递的温热。疼痛似乎如此无足轻重，却又浸漫到身体的每一根神

走出巴颜喀拉

经。我知道我不是一个心智健全的好妈妈。我知道我该让风冻红女儿的鼻尖，让阳光晒黑她的小脸，让她快乐的笑声像鸽哨清凌凌地飞过我的耳畔，可我竟然不能。我恨不得自己化作口罩、帽子、围巾，将她重重叠叠地包裹，我恨不得将自己的最后一点热力挤给她。孩子呵，妈妈多么不愿意你过早地懂得生活中无处不在的妥协。可五岁的你必须得面对妥协，向不能穿裙子不能玩滑滑梯的冷天气妥协，向愚蠢而专制的妈妈妥协。

一群小鸟啁啾着飞落秋千架旁，觅食清冷的太阳。就几缕稀薄的光束，它们捕捉得那么执着。我的意念里，是无限放大的女儿受伤害的表情。我不知道丢下她在这里，我该回到哪里去。就在那一刻，莫名身心溃散，失去所有需要奔赴的目标。只有她的哀怨牵扯着我，只有她的依恋肯定着我。天地之大，而我能拥有的却不过是卑微的一景：她鲜艳的身子从几步开外就扑过来偎进我的怀抱，急切的呼吸像小雀儿的绒毛拂过我的脸。而当我抱起她，我们缠绕在一起的臂膀就像是生出了朝向天空的翅膀。

但现在，我只是更多地拉着她的手。她越来越大了，我已经不能轻而易举地抱起她了。当我拉着她的手，走在每日要走的路上，我总是无法不想起几百公里之外的我的母亲。我知道，我也曾将自己的手像此刻的女儿一样，安然地交付给另一双手。只要拉着那双手，就是在最黑的夜里，我都没有过害怕。而现在，那双手是那么怯于表达，就是在久别重逢的喜悦里，它也只是低敛着自己的愿望，不肯急急伸出去。当它彻底地拥有了枯槁，它便开始止步于理直气壮的抚摸。我常常想着那双手，握着它，不愿松开，一如在现时态的生活中，我能做的，只有更紧地握住女儿的手。我们相依着，一日日走向我的衰败，她的成长。我的漫漫的孤独，她的远远的未来。这样生生不息的交错，是多么令人伤感又使人振奋的生命的奥妙啊，一个人的后面还有一个人，一条路的尽头总会生出另一条路，四季轮回更替从无死灭，万事万物都在既定的轨迹上行走着，既如此，本无偏差，何须埋怨？

难道是为了让我更深刻地明白这些道理，老天才安排了这个突如其来未老先衰的春？是的，我竟是如此必然地来到了一个季节的遭遇前，面对曾隔窗遥望过的那些姹紫和嫣红们体无完肤的被掳掠。正如我在昨夜风雪中所担忧的，它们已被猝不及防地推向了荼蘼。仅仅只是隔着几个小时的距离，所有的百媚千娇无一幸免变成了扑簌簌的花雨，蜷卧在园里的旧草间、树下的淤水中、路边的践踏下。就算早夭对花儿来说从来不是稀奇的命运，但这样遽然的零落终究也是太过仓促了吧，然而，映入我眼帘的它们，那么知命、安静，没有狰狞的挣扎、狼藉的自弃，也看不出诡谲的随波逐流。当风流陷于泥沼，展现给世界的却是一样的含蓄蕴藉，一样的舒卷自如，仿佛它们从来不曾以那样炫目绝伦的形象高挂枝头之上，仿佛昨日的繁华和今天的忧患实在是同样的遭遇，仿佛它们早就明了花开叶落无非是一场命定，宠辱不惊才是善缘。

是不是，我读懂了一场花事，便真的懂了那向我席卷而来的一切？那么，我从此不会再逃跑，不会先自离开属于我的天命、责任，从此变得更忍耐，有足够的勇气去看清那些最致命的美和打击藏在什么样的日子中吗？可为什么，远方永远在比黑暗更黑的地方等待着我的跋涉，却分明又摆着那样事不关己的面孔？——这简直是一个天大的骗局。那些容易被归纳被领悟的规律，总是披着放之四海而皆准的普世的外衣，看上去确乎像是一种真理。当我踌躇于这样的似是而非时，又一夜噩梦渐次隐退，灰色的晨曦盖满了窗。哈口气，我看到了玻璃里的我，黑发柔顺，不带丝毫厮杀的痕迹，双眼依然盛满了貌似天真的疑问和企求，饥渴，孤寂，外强中干，这样的一张脸，与我想要索取的纯粹和决绝相去甚远。

寒流似乎终于过去了，几场润润的雨，尔后是天晴如海。园子里像是重新开张了又一场盛宴，另一拨花儿敲锣鸣鼓，有的开，有的蔫，一天一个样子。这个迷途知返的春天，长得像一道了无结局的引诱。

可诗是不能再重新出发了。那首落在我久违了的笔记簿上的春之语，像它所吟咏的花儿一样，在错开的季节里蹉跎成了擦肩而过的邂逅，终究没能完成一次弥足珍贵的停驻。无力诉说的永远无力诉说。绿色，热望，花开鸟鸣的祈求，丰硕的爱与梦幻，这些总是在煎熬着我的东西，以及更完整的幸福，当它们再一次从我的手中滑落、远逝时，我甚至被疼痛遗弃，那因爱成伤的收成怎么也撒播不到我佝偻的身影上。

但这样的结局让人始料不及：青春，终于像一件缀满花边的锦绣衣裳，被时光之手褪离了我，终于像一群欢乐之鸟，一哄而起脱逃了我，但我竟然还能无可救药地感怀所有的得而复失。窗外是恒远的天，是我混迹于其中的背离我又包容我的人群。怎么可以拒绝这个多舛的花季，怎么可以拒绝泪水和感动啊？有谁能在没有爱没有恨的路上望到尽头？记忆在心底沉淀出一面澄明的湖，那些生命中的所有的人，鲜活地伫立在水中央。当我回望他们的方向时，怀念如雨后新苔般洇开，我不得不自问，谁有理由如此长久地沉陷于独守岸边的畸零？是的，我曾确凿无疑地接受过他们手中大朵的太阳，我本应知道在我走过的路上，每一步都有他们的足印深深浅浅相伴左右，像无言的鞭策，又像坚实的依傍。当隔绝无可选择地横亘于我们之间，事实上，我已被丰盈，被壮大，已被深深地滋养。这个苦恨无边的世界，惯于将人们的满目疮痍玩弄于股掌之间，但它终不会让一个人两手空空地走开，赐予和剥夺总是同时降临，而抵达早已藏身于远离中。

深深的夜，贪玩的女儿在睡前故事中睡着了。她的梦走进了童话的大森林，那里有数不清的花草野果，小兔儿的篮子里装满了露珠儿滚滚的大蘑菇，胖胖熊和小松鼠从树皮小屋里伸出脑袋喊：快来跟我们做游戏！她胖胖的小身子燕子一样飞过去了。我看到她在梦中绽开了花一般的笑。这一刻，连她也松开我的手了。我知道我站在她的梦境之外，一如我的母亲，早已必然地收回去了那双牵引之手。我知道其实所有人的日子都是这样过来的，日子总是比落花还多，比遗忘更快。前仆后继的日子里，人们没有往事，一路姣好地走向明天。可谁能逃得开那最后的功课？——没有什么能湮灭爱的无始无终。就连时间都不能。

窗外夜如诉，清冽的春日夜空中是一轮硕大明亮的月，那样的苍凉却蕴蓄着一种赤子般的绝色，仿佛昭示着可以重新启程的答案。我再一次打开那本笔记簿，我知道，尽管在这个春天，那开满阳光和花草的庭院，从此构不成我母亲的现在，尽管港口仍在，我却再也回不到原来的岸上，但我从这个夜开始，或许还来得及以心培土，以泪为墨，把这支补救的颂歌供奉到她的足下。我只能在不断地抵达中，在抵达的空无一物中，和母亲殊途同归。是的，是时候了，我这样地堕落于诵读光阴之书，已经太过长久了。我知道我必须起身，关紧门窗，默默地为心中的另一座花园浇水。当季节风再吹过时，让自己挺立成一棵开满了花朵的木棉。

　　那么，这么多日子和故事，你们看着我走下去吧。

唯有旧日子给人安慰

　　H 师院三十年校庆，嘱我这个老校友写一篇回忆性文章。我感觉颇为恍惚。三十年，对我的母校来说，是毋庸置疑的大好事，她终以令人瞩目的成长宣告了三十而立。而对于我，数字昭示的却是另一种真相：这么快，我就到了回首往事的年纪了？时光，是多么地不经挥霍。

　　那一年的某一天，记不清是几号星期几了，我来到 H 师院报到。H 市并不是一个陌生的地方，但迎面而来的风，依然使刚刚离开温润的南部家乡小城的我，感到了凛冽的意味。空旷的校园里，远远近近地开着些高原之花，虽挂着明艳的颜色，却无一例外地呈现出颓萎之势。它们之前并未经历太多的好日子。六月，草才泛青，九月，风霜已至。事实上，这听上去令人颇感遗憾的物候，使那片土地上的太多事物，在接近坚硬和寒冷的同时，更接近美，更接近美的本质：汹涌而来，惊鸿而逝。当然，我要走过许多时间，才能越来越懂得这个道理。在二十七年前，那些早凋的花事，还未呈现出应有的意义，它们似乎仅仅是以一种修辞学的存在，衬托了我怅寥的心情。

新生注册早就结束了，所以我的手续办得不够顺畅，总之无非是敲开了一扇一扇部门之门，盖上了一些这样那样的章子之类。终于在晚自习时间，来到了我所在的班级教室。那里，灯光下，四十多个同学已赫然表现出熟稔且和睦的气象——没错，我迟到整整一周了。一周时间，足以使一群年轻的心靠拢、碰撞，生发出热切的友情，二人结伴，三五成群，勾画重新出发的梦想。而缺席的这一周对我则意味着一次考验，从失败的高考衍生而来的一道单选题：要么上 H 师院，要么高三复读。家长亲友希望我选后者，他们坚持认为那样的高考成绩反映的不是我的实力，而是确证了我自高二第二学期以来的误入歧途：我广读闲书，荒废课业，我常常捧着日记本，莫名忧伤，我沉湎于听歌唱歌，倒腾磁带。在备考的最后阶段，我竟然一集不落地看完了被称之为"经典八七版"的电视连续剧《红楼梦》，并且，由此开始，不合时宜地提前踏进"追星"时代。我是那么迷恋扮演林黛玉的陈晓旭，为了得到一张她的剧照卡片，我背着书包从小城的东头游荡到最西头。以上种种，都使曾对我寄予厚望的人们在愤怒之余重生期待，如果我能悬崖勒马，如果我能卧薪尝胆，那么，在下一年，我肯定会收获到一张不一样的录取通知书。但任何来自他者的一厢情愿的假设都是危险的，他们深谙此道，于是，选择权最终还是被掷回到我自己手中。我几乎没花完三天时间，便交出了背负众望的答案。前来报到的路上，我意绪黯然，但一点也不后悔。我当然向往更显赫的大学，但一想到为此还要重复与数学题纠缠的噩梦，便宁愿壮士断腕，自绝于一切可能的灿烂前程——二十七年前的那个秋天，十八岁的我就那样完成了人生第一次的重大抉择。就是这样，从一开始，每一步细小的足迹，都在证明我是一个知难而退的人，缺乏远大目标和拼搏精神的人。我随遇而安，从不预设有难度的人生。但我又固执于自己内心的某种东西。如果说，我曾貌似主动地有效地参与到了自己的命运中，那么，一切便只是为了那点东西。我可以忍受生活，但我不能放弃仅有。

入学一个多月后，我参加了学校的现场作文比赛。感谢文学社在多年后编辑的纪念册，让我在今天还能重温自己二十七年前青涩的造句："应该说，这不是中学时代玫瑰色的梦的所在。一排低低的涂着淡绿色的房子，称之为图书馆。两排简陋的二层楼，是你的教室，你要在这里学《诗经》，还要听康德，读艾略特。可梦中那高高矗立的富丽堂皇的教学楼呢？那关于学术讨论、专题讲座的五颜六色的海报呢？那激烈的思辨，热情的呼唤呢？哈姆雷特的忧郁，堂吉诃德的疯狂……你曾想过许多，许多，而如今只有淡淡的回味……"

我表达了自己浅尝辄止的人生失意，但可以肯定的是，那几乎也是 H 师院建校之初最早的几届学生普遍的一种校园情绪。时至今日，那简单的文字或许已具备了某种"校史"的价值，因为，如今的 H 师院，教学楼自然是恢宏的，图书馆是博雅的，体育场是阔达的，再不会有哪个孩子像二十七年前的我们纠结于校园环境的鄙陋。年轻的心习惯于让目光投向理想之地，但脚步却被现实的泥淖重重地绊住。对自己失望，也对外界失望，这双重的失望使我与母校最初的遇合成为一种疑似创伤性体验。尽管如此，出发是必须的。我的作文在一个悒郁的开头之后，还是有了很励志的"正能量"叙述："那么一片静静的杨树林，你总是随意走走，就会发现许多和你佩戴着同样校徽的人。捧着高等数学冥思苦想的，拿着外语单词比比画画

走出巴颜喀拉

的，吟着唐诗宋词摇头晃脑的，背着藏文神采飘逸的……"

是的，太多的远行都是从那里启程的。怎样的荒寂，终究敌不过青春的热望，同样势不可挡的，是从本能而渐趋自觉的热爱，朦胧但却热切的追求。通往教室的必经之路上，有一座极为简陋的土桥。常常，桥是冷的，桥下的小河是结着冰的，但冰层下总有水的流动。坏天气都无法冻结那凄凉的激情。走过了最初失重般的挫败感，我又一天天快乐起来，眼前似乎有一个方向越来越清晰起来——慢慢地，我觉得理想这个词，又是我可以说出口的了。其实，我所想望的，是怎样的卑微啊！走过急功近利的高中阶段，我要的不过是安静地自由地读一切我愿意读的书，在文字的缝隙中与更辽远的"别处"，与更广大的人生相遇。而我的母校，创业时代的 H 师院，是那样地适宜于安放我的心愿。她静静地坐落在离 H 市区五六里远的马莲滩上，四面除了连绵的山，便是刮过山头的风。通往市区的路上，只有路，没有车。一辆辛苦借来的自行车总载着三个以上的男同学，而一些女同学曾不止一次地横在马路上，勇敢地拦下呼啸而来的大卡车，央求司机把她们捎到汽车站。多年以后，在 H 市全面进入公共交通的时代考到母校的学弟学妹们，大概永远也想象不到我们曾拥有的另类浪漫：一辆藏族牧民的马车，或者牦牛车路过校门口，然后，载上一群欢天喜地的大学生，浩浩荡荡地开往大街。

就是这样，这样的硬件条件保障了我们全身心地投入学习，读书，而免受外部世界的诱惑。事实上，那时候的 H 市大街上，可以构成诱惑的事物屈指可数，它们分别是：坐落于前后两街的两个百货商店，政府招待所斜对面的电影院，和大大小小的清真饭馆。当然，也包括羚羊塑像旁十字路口的新华书店。那里的书总是少得可怜，售货员织毛衣的姿势三年间没有变过。尽管如此，必须上街的理由还是层出不穷。既然千辛万苦地到达目的地了，那就得高效率地使用。通常是先逛商店，然后去更远的军区或地质队洗澡，那是全 H 市仅有的两家对外营业的澡堂。虽然天气冷，但女孩子们暗中攀比着讲卫生的好习惯。澡堂里当然不可能有吹风机，如果是冬天，出得门来每个人的头上肩上便立即挂上了无数根硬邦邦的冰溜子。我起初被那种怪异的美打动过，很快便见怪不怪了。电影是晚上才有的，但我们除了星期六，另外六个晚上必须要上晚自习，所以，电影是可遇而不可求的邂逅。每次上街保证可以完成的只有吃饭这一项。一碗清汤牛肉面，我们吃得和过节一样热闹。当然，真正过节时，我们也吃炒肉面。那年夏天，我收到了一篇散文的

走出巴颜喀拉

稿费。如果不算高中时登载在《少年文史报》的作文，那应该是我人生第一次发表文学作品。于是，周围的同学纷纷要求请客。已经是下午了，没能遇到进城的牧民马车，大家一路步行到盘旋路一家叫"桥头饭馆"的清真店。吃牛肉面吗？掌柜问。我豪迈地摇头，吃炒肉面。炒肉面加工啦？掌柜又问。这下子，同学们的脸都瞅向了我，我心一横：加工！

　　"天气很晴朗，然而很坏"，这仍然是我那篇竞赛作文中的话。我总是关注一场突降的太阳雨，一份迟来的花信，学校宣传栏前的松树总是要死不活地暧昧着，以及学校马路对面那大片油菜和青稞的长势，等等诸如此类的身外之事。我的心里，每一天都充盈着来自细小事物的悲喜。是的，不以物喜，不以己悲，我从来都做不到。早上去上课，天干净得如剔透的碧玉，十二点走出教室时，却被大雪浓雾遮住了回宿舍去食堂的路。雪总是说下就下，就像在六月，雨还没说来就来了。H市的天，姑娘的心，说变就变，一些男生摇着头叹息，那沧桑的样子，好像他们真的有幸经历过姑娘的变心似的。雪总是下了一场又一场，雪总是静静地从中午落到晚上。下雪的时候，我们的校园像一座天籁之城，散发着迷幻的气息。我们欢笑着撞进白茫茫的雪雾，脚下的皮靴在厚厚的雪地上咯吱咯吱地响，隔着毛线手套，我们牵在一起的手感受着对方指尖的冰凉。然后，我们门窗紧闭。下雪天，睡觉天，我们说。但到头来，用于睡觉的时间总是很少。我们说话，我们把大把大把的时间花在说话上。我们也探求话题的意义，以及谈论能达到的高度和深度，但更多的时候，我们所拥有的只是说话本身。我们从一场又一场雪，说到它们在春的节气里化为汩汩溪流，我们终于说到了夏天。高原之夏，H师院的校园之夏，在走过了许多的地方，见过了许多的好风景之后，在今天，我依然认为它是世界上最迷人的夏天。

但一贯精于姗姗来迟的它，在那一年的降临确是猝然的。夏天来了，我们肆意挥洒的夏日快乐，却不复再来。我们不是不知道毕业是必来的一场考验，我们不是对别离缺乏准备，但尽管如此，那个最后之夏还是有着令人心碎的颜色。

我们，是女生楼303室六个相亲相爱的女孩。亲爱的303，亲爱的她们。后来，我在小说散文里一次次地写到它和她们。"思君如流水，何有穷已时。"当年，在那些遍地开花的说话中，我们有过三年、五年、十年、二十年规格不同的重逢计划，我们甚至讨论了从宏观调控到细节安排的全过程。但整整二十四年过去了。二十四年里，我们从未实现过哪怕一次的六人齐聚。

走出巴颜喀拉

她们中的两个，自打毕业后我再没见过。这样地不能相濡以沫，是二十四年前我们终于松开彼此的手时，决然想象不到的。但我依然相信着，我们从来不曾相忘于江湖。

"那些美丽的雪花／曾被我们握在掌心／现在伸开双手／满把都是泪水"，不知为什么，二十四年里，当我想起303，想起那些永远年轻美好的脸，我便想起那一场又一场无边无际的白雪，想起阿信的这首《给桑子》。

桑子、阿信是两位诗人。从一开始，他们就是诗人。阿信桑子，桑子阿信，所有人都这么说，这么叫，好像这两个名字天生是二位一体的。他们是政法系两位年轻的老师。我入学伊始，便听到了他们的名字。为什么，诗人在政法系而不在中文系？这使我长久地耿耿于怀。但校园那么空，我总能远远地逢着他们。桑子疏朗而儒雅，阿信清冽且忧郁。阿信桑子桃李不言，下自成蹊。当他们以诗人的典型姿势走过校园时，身后便倏地踏出来一条前赴后继的道路。没有人可以拒绝诗歌，在那样的年纪，那样的年代，并且，在那样的地方。诗歌使我们庸常的日常熠熠生辉，使我们寒冷而边缘的校园不再孤陋寡闻，我们举办征文，搞篝火朗诵会，我们与别的大学文学社团通讯交流，我们一点点地凑钱，油印一份几十页的小册子。我们先有了一个文学社,后又创办了另一个,我受命写了发刊词,因资料流失,所以我再看不到自己在那篇发刊词中的豪言壮语了,大致无非是自己的书包、自己的饭盒、自己的青春之类的话吧?它们肯定是无以复加的稚嫩、浅薄、修藻,印证着一个初学写作者全部的笔力不逮。但今天,如果我与它们相遇,我定然不会感到脸红。就是因为它们,因为与它们有关的遭遇,我二十多年后的凝眸回望才如此地闪耀着金属般的光泽。从来不会有被浪费的才华,而所有的孤独和寒冷,都是值得经历的。

就是这样,诗歌,文学,肯定是我大学生活的核心内容,它与以下几个方面共同构成了我在 H 师院所经历的重大事件,曾长久或短暂地影响到我在当时或之后的成长:我们年轻的才刚新婚的写作老师的车祸身亡;在外地实习途中,一个男同学以失踪的极端形式表达的青春叛逆;社会实践去四川,在峨眉山,我因过分执着于一树杜鹃花而掉队,其实只几百米山路之隔,但同学们焦急的呼喊使群山回荡着我的名字;我参加的某次校园歌手大赛和最终夭亡的舞蹈《高原迪斯科》;以及,1989 年那个著名的春夏之交。

课堂的收益总是很多。老师们很年轻,甚至比我们大不了几岁,他们还没来得及成为副教授、教授,而硕士、博士在我们时代的 H 师院简直是天外的名词。但单薄的学术阅历并不妨碍这些年轻人成为好的老师。教文学概论的全老师引经据典，妙语连珠；教哲学课的杨老师有着极严谨通透的表达，她在课堂上从来不苟言笑。二十多年后的北京，在中国作协为我和另外几名作家举办的中青年作家作品研讨会上，我与杨老师不期而遇。当我们惊喜地认出彼此，我发现她原来活泼而率性；教外国文学的安老师说"爱神阿芙洛狄忒"这几个字时，脸上总划过少年般的羞涩。他正在成为后来人们眼中那个有思想有情怀的人；教现代文学的赛老师，是一个操着一口字正腔圆的普通话的藏人，他温文尔雅，举手投足都是学院风范。他也是诗人，中文系有许多爱诗的同学围绕在他身边，他与他们亦师亦友，谈诗论文，翩然同行。我知道那样的校园风景，在今天的大学，已是很难看到的了。

此刻，当我的笔写下有关赛老师的片段时，我的心是沉痛的。但回忆中，他的表情一如往常的投入，好像他还站在讲台上，动情地讲述着鲁迅的《秋夜》；他的笑容一如往常的温煦，仿若他还坐在他那张办公桌前，抑扬顿挫地朗诵着新写的古体诗；他的目光一如往常的沉静，似乎那样的生死诀别从来就没有发生过，似乎这十余年的阴阳之隔原本虚设，似乎他还好好

唯有旧日子给人安慰

地走在老地方——你看，这就是一个英年早逝的老师，一个纯净赤诚的人，留给我们的永远。在怀念的人群中，没有谁可以轻而易举地离去。

"在黄昏的余晖下，万物皆显温柔。"是的，当我不能忘记，当我又一次忆起暮色苍茫的草原，我忍不住把目光投向浩渺的远处。但我知道我无力穿透时光，就算一遍遍沉陷于深重的怀旧，我也只能以停留复远行的方式，重新抵达或不断告别那些匆忙逝去的故事，也只能以这篇薄薄的文字表达对母校 H 师院三十年庆典的热诚祝福。事实上，毕业后的二十四年里，我不止一次地走进她。事实上，十二年前，我才最后一次离开她。但她发展的迅猛和壮阔，超出了人们的一般性预期。在 2012 年、2013 年，我曾连续两次随全国作家采风团路过她，我还曾在 H 市参加活动逗留多次，我的母校，她其实一直伫立在我的视野中。虽然我已不能从林立的高楼大厦中找到我们的 303，但我不怕我认不出她今天的模样，在她的校园里，依然有我怀想的面容。若我归去，他们一定会安然地牵起我的手，说，喏，这是我们当年走过的路。

以上追忆，是 H 师院的萍给我布置的命题作业。为了她再三的催约，惯于偷懒的我终于写成了二十四年来第一篇献给

走出巴颜喀拉

母校的文字。多么巧，二十四年前，毕业离校的前夜，我在母校的最后一句话也是写给她的。我们303最小的女孩，写诗跳劲舞的萍。我在自己的彩照背面题字：“我走了，我把为离别流过那么多泪水的你，留在这里了。”萍，她还保存着那张绿衣长裙的年轻的我吗？今天的她会为那样煽情的赠言哑然失笑吗？那时候，青春氤氲，出发的路明明暗暗，似乎通向无穷远，我们不曾预料到，其实有些人，有些事，是没法留在那里的。也许就在下一个街角，所有珍重道别的，都会翩然复来，微笑相拥。就算不能在现实中实现重逢，就算重逢已是白首，那些镌刻在心里的，也一直是我们经历着的人生。

那么，来，让我们一起走向那条旧路。没有什么比今天的我们携手走到那条旧路上，更安慰人心。

我的表哥晋美嘉措

前噶村和聚松里村坐落在在同一个山的垭口上，一西一东，相距不到十里。远村的人习惯说"聚松前噶"，好像这原是一个村。但他们自己却非常排斥这种相提并论。这是两个近邻却并不亲近的村，说不亲近也不是有什么大的矛盾冲突，不过是互相看不起。他们严重看不起彼此，已经年代深远了。看不起的理由与时俱进，不断更新着，零零落落传到城里我们耳朵里来的大致如下：前噶村人说聚松里人又穷又倔，脑子死胆子小，做事雷声大雨点小，仗着村里出去当干部的人多，喜欢摆"文化村"的臭架子，汉话都说不全的人也动辄要讲国家政策；聚松里人说前噶村人只认钱不认人，心黑胆大路子野，吹牛骗人不脸红，挣了几个钱的过年回乡那排场简直像是领导来视察工作，没钱的打肿脸也要充胖子，家里娃娃吃不起一颗苹果，当爸爸的裤腰带上非要拴个"苹果"。

他们甚至看不起对方的口音。说来奇怪，抬脚就到的地方，却有了方言的差异性。语词、发音，多有不同。"母亲"在聚松里是双音节词，前噶村却单发一个音，他们的小孩子奶声唤妈妈时，聚松里人便会嘲笑：听，羊羔子叫呢，咩！

看不起归看不起，但离得这么近，直路不见弯路见，因缘际会的事总是少不了的。以前做庄稼拾柴火，林间垄头说碰上就碰上了，现在腊月里回村过年、正月里出门打工，冷不防就坐到了同一列火车上。遇上了，言语龃龉的事时有发生，发生也就发生了，完了各自拂袖，一拍即散罢了。这算不上什么问题，问题恰恰是在与此相反的事情上。"山挡不住云彩，树挡不住风，神仙挡不住人想人"，整体的"看不起"挡不住具体的人瞅上人。没错，前噶村和聚松里村，从未断绝过男女联姻。藏人以娘舅为大，有谚曰，敬天敬地，不如给舅敬酒。多少年下来，这两个村的男人们，梗着脖子、端着架子川流不息地喝着彼此的酒。他们可以一边喝一边拍桌子骂人耍点舅威，但姻缘是上辈子修下的，小伙儿、姑娘的心思从没人进行强力阻拦。

我的二婶就是前噶村人，几个堂弟兄随着二婶，说话都带点前噶口音。而我的大姨，是在19岁那年从聚松里嫁到了前噶村的梁木匠家。据说，大姨随着迎亲队伍走出村口时，外公扶着院子里的酸梨树哽咽失声。外婆安慰他，你一个大男人哭天抹泪的算什么，你想大丫头了，下西头地的时候去前噶看一眼呗，就牛啃几嘴草的功夫！外公愤然作答：你这是什么话！我怎么会去那"穷山恶水出刁民"的地方！

　　这都是很久很久以前的事了。我小时候，只知道大姨有五个儿子，都正是长身体的时候，所以家里的粮食总是紧巴一些。又听说因为一连串生了五个儿子没个贴心的闺女，大姨回聚松里赶老人们的丧事时，总是比其他回娘家村的女人们显得更伤心些，她从人前哭到人后，惹得二姨小姨也跟着她涕泗涟涟。

　　但后来，大姨就不那样哀戚了。五个儿子长起来了，他们陪着妈妈回娘舅村，一个个相貌堂堂，虎虎生威。他们刚走出聚松里的那片山神林，拐到进村的下坡路上，背水的女人们便把消息飞递到了二舅家，二舅家开始煮肉、擀面，热闹起来。五个外甥齐刷刷站在面前，像一支队伍，二舅笑而不语，但腰板挺得比以往更直了。女人家到底不懂大事理，没生闺女有什么好伤心的，有儿子才有面子。这样的五个儿子，在前噶村是势力，对聚松里就是面子。

大姨的五个儿子，依次是：晋美嘉措，龙丹嘉措，巴桑，仁增，尹姓保。前四个名字是外公取的，最小的一个出生时外公已经去世了。大舅、小舅都是出门在外的公家人，村里的二舅便承担了外公生前的许多责任，包括给家族孩子们取名。据说，大姨的小儿子落地后不吃奶，日夜啼哭，前噶村人都说这个孩子怕是保不住了，但二舅相信自己家的姓氏能保佑外甥，故赐名"尹姓保"。果真，名儿一叫，婴儿便安稳了。二舅是颇懂一些汉语的，由此开始，孩子们的姓名风格便走进了一个新时代，要么汉语官名，要么藏汉合璧，很见气象。

大姨的五个儿子，我最熟悉的是老大，晋美嘉措。我五岁时随母亲离开老家进了城，别说前噶村，就是聚松里的人，统共也没认下几个。但亲戚们是常来常往的，表哥晋美嘉措时不时随着大姨出现在我家的饭桌上。我问他，晋美哥你不读书吗？晋美嘉措听这话，鼻子里直哼冷气，不读书？我读过的书你还要吃几年饭才能读呢。他清清嗓子，开始背诵起来："在苍茫的大海上，狂风卷集着乌云。在乌云和大海之间，海燕像黑色的闪电，在高傲地飞翔。一会儿翅膀碰着波浪，一会儿箭一般地直冲向乌云……"

果然是我还没学到的课文。晋美嘉措背课文时,四声很不准确,带着藏族人说汉语特有的一种音调,高高低低,拉拉扯扯,我听着很好玩。但我更好奇的是,一个读书的学生怎么能这样随便跟着大人走亲戚?我有时感冒了想请一次假,爸爸却非得把人撵到学校去,还要讲一通什么轻伤不下火线的大道理。大姨说,在乡下上学哪能和你比呢,一年四季哪上过囫囵学!你表哥们呀,也就是识几个字,将来出去找生计能和汉族人搭上话就成了,当干部那是做梦的事!

但表哥晋美嘉措不这样想。晋美嘉措憋足了劲,一心要当上干部。他悄悄对我说,他已经初二了,再一年初三毕业就要考中专,考上中专就成干部了。他有信心考上中专。就算第一年考不上,他也要复读再考。他不能和前噶村那些没名堂的男孩子一样,读书不过是走个过场,混到小学初中毕业了就跟着阿爸们下地、下川。

"下川"就是去四川卖药,是包括聚松里村和前噶村在内的几十里方圆的村落,从老祖宗那儿世代继承下来的营生。藏人们从高山上,从密林里采来珍稀的药材,从动物的犄角尾骨内脏提取有用的部分,晒干碾碎捣烂,或研成粉末,或和上青稞酒捏成丸,反正都是"祖传藏药"。我听爸爸讲过,他小时候,

走出巴颜喀拉

大人们下川那是真枪实弹的，雪莲、灵芝、冬虫夏草、藏红花这一类是必备的，有些人还搞来麝香。东西是好东西，再加上老一辈里确有懂一点古法土法治病的人，所以他们去四川当"曼巴"卖藏药，渐渐打出了声名。后来，山前山后上河下河的人看这钱挣得容易，挣得可观，便纷纷地加入下川的队伍中。

晋美嘉措初中毕业时，正赶上前噶村下川的一部分人家脱了贫，一部分人家势不可挡地先富起来，修房盖楼，脖子上还缠上了金链子。种庄稼的人家越来越少，漫山遍野的田地都荒了，但腊月正月里吃香喝辣的热闹却如火如荼，赛过了以往的任何时候。刚升初一的二表哥龙丹嘉措禁不住诱惑，率先辍学，加入到了下川的队伍。刚好大表哥晋美嘉措考中专落榜，父母便要求他放弃复读，弟兄俩一起下川，好有个照应。谁知晋美嘉措根本不听话，他坚守初衷，不为发财梦所动，不被众人的冷嘲热讽击退。他躲在阁楼里开始复习，桌上、床上都是铺开的初中课本。前噶村人来人往，讲述着繁华的县城和更喧腾的四川，但晋美嘉措安安静静，心里只有考中专当干部的目标。

悲酸的是，晋美嘉措第二年又没考上。然后是第三年。屡败屡战，他竟然还要孤注一掷地再复习。大姨到城里来诉苦：老二龙丹嘉措都挣上钱盖了新房要娶媳妇了，老大晋美嘉措还说要考学！再这么下去，不是能不能当干部的问题，怕是连人都废了！他这个样子像什么，农民不像农民，学生不是学生，哪家的闺女肯跟他！母亲好言劝慰姐姐："鸟的好在羽毛，人的好在心底"，晋美嘉措这孩子做事心眼实，打小会看远，又长得好人才，他要娶不上媳妇那就是天下姑娘的眼都让乌云遮住了！现在家里日子比以前好过，又不差他赶紧去挣钱，你们就让他复习几年又咋啦？说不定娃明年就遂了心愿，端上铁饭碗啦！

在城里姨妈和小舅的支持下，晋美嘉措得以进入又一轮备考冲刺。说好是最后一次，大姨家也下了大决心，干脆把晋美嘉措转到县城中学来旁听复读。晋美嘉措见着我，倏地红了脸。他说，你看我年年落榜，一路等到你这个小孩都上初三了。今年咱俩一起考，我要再考不上也就认命吧。

我就是在这大半年和表哥晋美嘉措熟悉起来的。我认定他没有再考不上的可能，因为两个人一起复习时，我发现他确实什么内容都复习到了。他的数理化都说得过去，尤其政治，简直背题背了一箩筐。我从来没背会过那么多政治题，不免沮丧，这使晋美嘉措很得意，更大声地在我跟前背诵，都有点卖弄的意思了。他明显的问题是我几年前就发现的拼音问题，语文考试但凡涉及音形义辨析的，他多半失分。我一个字一个词教给他，他学得很认真。但到做题时，还是颇费踌躇。

我喜欢唱歌，晋美嘉措说他也喜欢。我有一个硬皮的大歌本，晋美嘉措的小一些，但也密密麻麻抄满了歌。复习累了，俩人开始唱歌。原来他唱得极好。嗓子好，乐感也好，一首歌听上两遍就会了。但两个人喜好不一致，我那时候听苏芮、邓丽君，唱台湾校园歌曲，跟着磁带咿呀学语山口百惠的歌，但晋美嘉措崇拜的是蒋大为。他不是唱《在那桃花盛开的地方》，就是唱"啊，牡丹，百花丛中最鲜艳；啊，牡丹，众香国里最壮观……"唱到高音处，他眯着眼抖着肩，一副陶醉到死的表情。这很让我看不惯。于是，似乎并没有一起愉快地合唱过多少歌。

转眼间考期到临。考完试晋美嘉措回村里干活去了，临别时他的口气有一些黯然，但眼神照旧坚定、明朗，让人猜不出他考得是好是坏。母亲很为外甥担忧，但我了解情况，心想这回怎么着也没问题。

偏偏又一次。落榜。离中专录取分差了7分。

为什么死盯着个中专，考不上中专就要辍学？他的分数，上高中绰绰有余了，为什么不读高中考大学！我哇哇乱叫，替晋美嘉措不平。母亲怪我不懂事，上高中你出钱供啊？你以为老家村里的娃都和你们一样？咱们聚松里多少好一点，前噶村至今没有读过高中的人。考中专都耽误了这几年，快别再出考大学的馊主意了，你大姨受不起。

新学期，我上了高中，晋美嘉措下了川。龙丹嘉措的媳妇生了儿子，大姨带孙子，也没空进城了。但聚松里的亲戚不绝如缕带来前噶村的消息，说晋美嘉措天生就是下川的料，他第一次去就谙熟招徕病人、"望闻问切"的各种招数，他一出手就挣到了大钱。他一次比一次挣得好。不到两年，他的势头完全压过了前噶村那些不可一世的老江湖。他娶了前噶村最俊的闺女卓嘎曼。他给父母翻修了老屋，又新盖了两院房，一院给自己，一院给老三巴桑备着。他出钱供老四、老五上学，他对他们很严厉，说这个家有三个男人下川就够了，剩下的两个必须当干部。

我上了大学的那个正月里，晋美嘉措终于进城来给亲戚们拜年。三年多没见，他壮实了一些，个儿显得更高了。他一身毛呢西服，外面套着棕色皮夹克，发型是一丝不乱的大背头。我开口就打趣说，晋美哥，你虽然成了万元户，但也不要把自己打扮成这副油头粉面的样子嘛！晋美嘉措吃吃地笑，羞赧的样子还和过去一样。他掏出几张大票子硬塞给我，说是他八月里听到我考上大学的消息就想来恭喜了。他问我大学是怎样的，眼神里闪烁着呼之欲出的向往。两个人坐在一起说话，熟悉的场景不禁使我想起中考复习的那些日子，想起他那么执着地想要上学，当干部，我的心里有些难过，便说，晋美哥，大学也就那么回事，有没有出息还得看将来。你给我讲讲你的情况吧，对了，讲讲嫂子，听说她是个大美人！晋美嘉措微微红了脸，他伸手一挥，做出不屑的表情：一个媳妇家，讲她做什么！美不美，都是大老粗、睁眼瞎。

　　晋美嘉措和大人们吃饭喝酒时，就不像和我在一起那么爱害羞了，他谈笑风生，完全是一副大男人的派头，因为有钱撑腰，在城里的干部跟前也一点儿不畏畏缩缩。但我发现了他的落寞。当他临回村再一次对我说"大学生，好好读书"时，我看到陈年未了的心愿像一片翳，隐隐浮现在他的眼底。

　　再后来，仁增和尹姓保真的完成了大哥下达的硬任务，一个参军复员后被安置工作，一个考上了中专。大姨的五个儿子，两个进城当了干部，三个在村里立起了高门大院，照二舅的话说，这下子是面子里子都全乎了。在前噶村，街头巷尾发生鸡头狗脑的冲突时没人敢轻易招惹梁家人，在聚松里，老人们提起我过世的外公，都啧啧赞叹：你看人老尹家的后人，这哗啦啦一大片，不管是儿子家的还是闺女家的，聚松里的还是前噶的，个个出息呢！

但这只是个开始，大姨家的巅峰阶段出现在 20 世纪 90 年代末。我在省城工作，一年回几次县城娘家，和老家山村的那些亲戚们见得少了，但彼此的消息是通畅的。大姨的五个儿子都生出了儿子，尹姓保在城里当上了局长，晋美嘉措在村里当上了村长。本来当个村长也没啥稀奇，哪个村里还没个村长！但"驴比骡子没驮了，人比人是没活了"，晋美嘉措当村长愣是把前山后寨的所有村长都给比下去了。他给前噶村跑来了许多扶贫的基建项目，村里拉上了自来水，装上了太阳能，硬化了各家各户门前的大小道路。除了这些，他还比任何一个前任村长都重视文化教育，村里修建了希望小学、幼儿园，还成立了文化站，定期举行一些文化技术讲座培训。正月里，他在文化站搞乡村春晚，亲自领着年轻人们跳"锅庄"不说，还独唱《向往神鹰》。前噶村的有些男人看不惯晋美嘉措的张狂劲，嘲笑他披着哈达美滋滋地站在台上那样子，简直是把自己当成了亚东。但晋美嘉措把整个村子弄亮豁了，功德就摆在那儿，大家的眼睛都看得见。就连县长也去前噶村视察，表扬晋美嘉措一手抓物质文明建设，一手抓精神文明建设，两手都很硬。聚松里人看这阵势，有点不服气，这么整下去，他们前噶村倒成文化村了不是！但碰到前噶村人，却会显摆说：我们聚松里那大外甥，把你们村调理得不错嘛。

总之，晋美嘉措一时风头无两，美名远扬到城里，连当干部的亲戚们也都觉得长脸。但母亲高兴之余总有点不放心：做大事的人要把众人抬高，把自个放低，晋美嘉措不会不明白这个道理吧？树大招风，如今你大姨大小几家子人，但凡谁出点小差错，人家都会说是仗晋美嘉措和尹姓保的势呢，前噶村人可不是省油的灯！

没想到，母亲一语成谶。

事情起因于男娃们玩耍打架。村里一个叫李才让代的，他十岁的儿子李开放把巴桑七岁的儿子索南加从断崖上推下去，差点摔断腿。龙丹嘉措十二岁的儿子梁光祖替堂弟出头，打掉了李才让代儿子的一颗门牙，据说耳朵上也有淤青。

虽说熊孩子们出手没把住轻重，各自受了伤，但在村庄里男孩打架的事时不时发生，平常得很，大人没空理这茬。最多也就是拿上些吃的喝的，互相登门慰问一下，道个歉。若有谁因为自己的孩子吃了亏，便要不依不饶，那是要遭人耻笑的。

既然玩不起，那么村里的孩子们从此后便记着大人的叮嘱，不跟他家孩子玩了。所以，不到万不得已，大人一般不参与小孩的事。在聚松前噶，在这一带的藏寨村落，几乎从来没发生过因为小孩打架让父母结为仇家的事。

偏偏，事情落到大姨家，就不一样了。

巴桑见儿子的腿受了伤，先是抹了点药膏糊弄一下，第二天看肿得厉害，便背到乡卫生院，才知道脚踝骨折了。打了石膏输了液回到村里时，发现满村的人都挤在二哥龙丹嘉措家的院门外看热闹。他忙问啥事，才看到李才让代的婆娘横在院子里，唱戏一样，一咏三叹地咒骂着，哭诉着：你们当你们的局长，你们当你们的村长，你们为啥要把我们老百姓往绝路上逼！你们把我儿子牙打掉了，耳朵打聋了，我儿子成残废了，我们没权没势拿你们没办法，老天爷也拿你们没办法吗？天下的神佛都在闭着眼睛睡觉吗？你们不怕天打五雷轰吗？

巴桑气炸了，他抱着儿子"咚咚咚"冲进去：你看看是谁不怕天打五雷轰！我儿子的腿让你儿子打骨折了，我根本没想过怪罪一句，结果你们家倒恶人先告状，骂到我二哥家门上了。我侄子帮我儿子打架，也不过是小孩子们常干的事，你一个大人掺进来说这么毒的话，是李才让代指使你的，还是你最近欠他的揍，嘴把不住门了？

眼看着李才让代婆娘像个愤怒的火球射向巴桑，龙丹嘉措从厅房里一声吼：老三你滚回你家去，我这儿没你说话的份儿！二嫂珠姆把巴桑连推带搡送出门，嘴里低低地求着，老三啊，忍住，忍住！忍一忍就过去了。

为啥要忍？大姨家的儿子们，在村里从没给任何人低过头，受气挨骂还要忍的日子，这是破天荒头一遭。难道跑乡卫生院一趟这点工夫，前噶村换了天？次仁措摁住气得呼哧呼哧的巴桑，细语劝慰：人家的儿子是儿子，也是老子，人家自己舍不得动一根指头，你侄儿把人家打得鼻青脸肿不说，还偏偏打掉了牙！你说人家能不生气吗？大哥在村里掌事，咱们不要给他添乱，能忍就忍。巴桑经老婆这一提醒，也是又气又笑，梁光祖这浑小子，你打李开放打啥不成，非要打牙！

这里牵涉到一个有关生死轮回的极其严肃极其重大的问题。我听到耳朵里觉得很魔幻很超现实的事，山村里的亲戚们讲起来却好像那都是他们生活中的日常情节。据说，早先村里只要有了新生儿，都会传出是谁的转世这种说法，有些是活佛算出来的，有些是家长根据某些异兆揣测的，有些是孩子自己"发声"的。村里经常发生前生后世纠结不清的事。这些年来，出去见过世面的人渐渐对此将信将疑，都不上心了，就算弄清了自己孩子的"前生"，家长们也不会大肆张扬，心里有数，该留心的多留心就行了，尤其是牵涉到仇家投胎到自家，或者聚松里、前噶串村转世的复杂情况。话说李开放快满三岁的时候，话还说不整齐，有一天正在家门口尿尿和泥巴，看见李才让代深一脚浅一脚地回家来，突然断喝一声：才让代，你又去郭瞎子家喝酒了吗？你只认酒不认人，我一烟锅敲死你！

据李才让代自己说，他听到儿子的话，喝下去的酒全部变成冷汗"嗖"地从头上冒出来。他一下子明白了，眼前的儿子是自己死了四年的阿爸，爷爷转世投胎变成孙子又回到了这个家！李才让代悲喜交加，当即就跪在儿子跟前，泣不成声：阿爸，你回来了！

后来，李才让代和他婆娘以及众多好奇的人，都进一步试探过李开放。但孩子一脸懵，根本不知道郭瞎子是谁。现在男人们都抽纸烟，三岁的娃也不认得烟锅子这种老家什。这就对了，转世的人破口"发声"最好就一次，说多了就不叫"显灵"了。李开放就这样被认定为他爷爷的转世，从此，他就骑在他爸爸的脖子上长大。无论怎么调皮，在外面闯什么祸，李才让代都不舍得打他一下。他的三个姑姑家做了好吃的，也先端来给他。

郭瞎子有次喝醉了酒，冒雪跑到李才让代家，抓住李开放就哭：阿哥，我对不起你！我把你害死了，我自己也不好过啊！

李开放看见郭瞎子这样子，一头扑到阿妈怀里，"哇"地吓哭了。他当然不知道他被郭瞎子"害死"的前生：那天晚上，李才让代的阿爸不顾老婆阻拦，硬是去村子最西边的郭瞎子家喝酒，他喝醉了外面也下雨了，郭瞎子却硬是没送他一下，结果李才让代的阿爸就在回家路上摔到了背水台的大石头上，死了。他全身上下干干净净的，脸上头上都不见伤，只是磕掉了一颗大门牙。酒醉汉磕掉牙是隔三岔五发生的事，别说一颗，两三颗也常见。但李才让代的阿爸偏偏就因为一颗大门牙，死了。这是儿女们最伤心的事。

所以，李开放这个小孩，是不能随便打的。尤其不能打他的牙。

李才让代婆娘到龙丹嘉措家闹过之后，大家都以为这事也就结了，本来小孩打架大人掺和已经破例了，还要怎样？谁知，隔了一天，李才让代的妹妹又去龙丹嘉措家门口耍泼叫骂，言语间夹枪带棒，说的是梁光祖打李开放的事，指控的是晋美嘉措兄弟们在前噶村称王称霸，横行乡里。这次，珠姆忍不住了，跳出去对骂。龙丹嘉措在屋里观察着女人们愈骂愈烈的阵势，他明白过来了，他知道村里竖着耳朵听热闹的许多人也明白过来了：李才让代家这么闹，并不是因为李开放是他们转世的老子，打不得。他们敢和梁家撕破脸叫骂，显然是受人指使，冲着晋美嘉措来的。

夜里，龙丹嘉措和巴桑两兄弟家都有人来串门，闲聊。原来，就他们蒙在鼓里，别的人家都知道村里发生着什么：李才让代大姐的二女婿旺堆要把晋美嘉措推下台，自己取而代之。他四处笼络人心，发动群众，已有些日子了。这次孩子打架婆娘骂架是第一步棋，就是要把梁家人在前噶村的权威打倒、骂臭，然后墙倒众人推。

龙丹嘉措和巴桑震惊之余，都埋怨自己的阿爸，眼不瞎耳不聋的，天天在村里胡乱转悠，聊天晒太阳，怎么一点儿风声都没听到？偏这阵子晋美嘉措领着卓嘎曼一起下川去了。他向来是村政事务和下川两不误。他下川四十天，就把一些人大半年挣不到的钱挣回来了。龙丹嘉措和巴桑决定先不让出门在外的人忧心，打探一下旺堆的底子再说。隔天，巴桑揣着两千块钱去找李才让代：女人们骂也骂了，哭也哭了，能顶啥用？咱们汉子不做娘们事，"高处的让风刮走，低处的让水漂走"，娃们捅下的一点篓子，今天咱俩结了就是了。我儿子腿骨折了，我自己看病。我侄儿把你儿子打伤了，这点钱给你，算赔个不是。

巴桑没想到平时看见钱就两眼冒光跑去买酒的李才让代，竟然一把推回了他的钱。他对巴桑的态度就像换了个人：前噶村人谁不知道你们家有钱，但这次的事情是钱摆不平的！我儿子的情况你知道，现在就是我答应你，我的几个姐姐妹妹也不答应！

巴桑把撒出去的钱又一张张收回来，他的脸变得铁青：好吧，那你和你的姐姐妹妹想怎么做就怎么做吧，子债父还，我和我二哥奉陪到底。李才让代冷笑起来：你干吗不说你大哥，你怕晋美嘉措的大名把我的胆吓破吗？

龙丹嘉措打电话给城里的仁增，仁增脾气暴，一听就说，咱们家怎么了，到了跟李才让代那种醉汉烂人磕头下话的地步了？背后挑事的不是旺堆吗，我单位上请个假回来，我和三哥直接去把他放翻了！龙丹嘉措指责弟弟，你还是个干部呢，连我们农民的觉悟都不到！遇事就想打架，打架能解决问题吗？村里头我和老三先稳着，你和老五要做的事就是联系咱们乡上的领导和负责换届选举的干部。这几年大哥做的工作县上、乡上都是看见的，咱们再把左右的关系疏通好，我就不信旺堆靠给村里人请酒发烟能翻个天！

没想到，接下来村里的形势急转直下，根本不是龙丹嘉措和巴桑能稳住的。这对大姨家来说，意味着一次短暂的盛极而衰的转折。而对于旺堆，确是厄运的开始。这个小伙子，终究是吃了心黑胆大的亏。用聚松里喜欢讲政治的人的话说，就是他本来或许也有机会，但犯了激进主义的错误。

后来的事情是这样的：龙丹嘉措和仁增通话的第二天，李才让代大姐的大女儿的婆婆，也就是旺堆的连襟许扎巴的阿妈，突然无疾而终了。老人去世是大事，全村的男人女人都要去帮忙，女人不光要帮忙干活还要帮忙去哭，尤其是知道死讯后的第一次去哭。那天，珠姆去哭丧，她在院里煨了桑，进厅房把几色吃食供在棺轿前的桌子上，然后开始扯着嗓子哭起来。按规矩，这时候主人家的女人就要过来好言劝停，拉客人入座，让一下酒菜表示感谢。哭丧的女人来来去去，许扎巴的老婆和女儿一直应酬着，但独独不理珠姆，眼里根本没她这个人。珠姆看清了她们的态度，臊得哭也不是，停也不是。最后，是院里晒太阳的格拉阿婆看不下去了，进去劝住了珠姆。珠姆停下了假的哭，真的泪这才滚出来。她几乎是落荒而逃。

同一天里，梁家妯娌遭到了同样的待遇。而且是变本加厉的。次仁措连哭都没来得及，许扎巴的女儿把她的供品从桌子上一巴掌扫下去，俩人当即就撕起来。

这就严重了，这就说不过去了。在乡村，婚丧嫁娶是头等大事，自有祖宗传下来的一套礼法仪轨管制着人，容不得谁家耍性子胡乱改章程。自古以来，从没有把哭丧的人扫地出门的道理。所谓"七天丧礼中，狗吃肉猪喝酒，叫花子上门也得喝一碗羊肉汤"。许扎巴这一次，为了连襟旺堆，简直是要把村俗族规，把世世代代的传统踩在脚下，不管不顾触犯众怒了。

巴桑去聚松里找二舅。大姨家在前噶村但凡遇到难事，都要回娘家商量。外公不在了，外甥们的主心骨便是二舅。晋美嘉措这些年混出来了，但关键时候二舅的话还是必须要参考的。二舅细细听了巴桑的汇报，对前噶的村风人情表示了愤慨和鄙夷后，给了三点建议：一，不能瞒着晋美嘉措，得让他赶紧从四川回来。旺堆既然敢公开叫板，村里既然有人跟着他走，那就说明晋美嘉措的工作不是无懈可击的，他肯定事权而骄，得罪过人。当然，给众人办事不可能不得罪个别人，关键是要团结大部分人。现在要积极面对，想出对策，不能让这大部分人对晋美嘉措有二心；二，许扎巴家丧事期间，要以忍为原则，该尽的礼数照尽不误，不能给人落任何话柄。要闹让他们闹，闹得越过分越好，汉人不是说"多行不义必自毙"吗？三，目前就你们弟兄仨应对，不要让仁增和尹姓保明着参与，干部们出面容易引起村里人的抵触心理。

二舅的话亮堂得镜子一般，但前噶村的水彻底被搅浑了。旺堆眼窝子浅，认定了连襟许扎巴家的丧礼是扳倒晋美嘉措的绝好机会，他不想步步为营，而是心急火燎想看到结果，再加上身边又有几个人挑唆，于是挑衅飞跃升级，脱离了伦常轨道：那天，火葬结束后，丧事主家开始给村里各家各户派发回礼，但分到晋美嘉措家的礼少了一份。

卓嘎曼悄悄去问负责发放回礼的许顿珠，许顿珠尴尬得额头冒出了汗。他说，没搞错，这么要紧的事，我怎么会粗心弄错！是人家主家特意吩咐的，你们家就两份。卓嘎曼黑着脸问：既然如此，两份是给谁的？你们说，我公公，我男人，我儿子，哪个算不得人？许顿珠回答：是给你公公和儿子的。村长，他，他没去拾柴。年轻人们说章程得改，以后人在村里的，就一定得亲自去拾柴，别人替他的，不算！

事关重大，晋美嘉措又去乡上开会去了，卓嘎曼不敢贸然行事，便和公公商量。公公一听直接气晕，当即起身就去找许扎巴。许扎巴早有准备，连襟旺堆又正在他家陪客人喝酒，于是连老辈的面子也一点都不顾忌，口气强硬地回答：从我们家开始，以后不拾柴的，就不能把他当儿子娃还礼。背不动柴的老汉，上学的娃，外面当干部的人，还有下川去了的，别人可以替。只要人在村上，管他是村长还是天王老爷，都得亲自来交柴。你儿子晋美嘉措，给死人都摆架子呢！今天早上他的柴是巴桑背来的，过后我们扔了，没要！

大姨夫虽上了年纪，原也不是个弱人，人家连日来得寸进尺，气焰嚣张，他已经忍很久了。他一个耳光打过去，又揪住许扎巴的衣领。众人"轰"地围上来，场面大乱。许扎巴的女婿一脚踹在大姨夫的肋骨上，大姨夫当即就倒在地上，起不来了。龙丹嘉措家离许扎巴家近，他闻讯赶来，结果刚进院门就被几个人乱棒迎上来。这一次，旺堆亲自上阵了。反正连老人都打了，已经说不清了，他们也就豁出来不管不顾了。

龙丹嘉措被严重打伤了。当晚，他和阿爸一起被抬到县医院。

晋美嘉措彻底被整懵了。从四川回来时，他想到了旺堆可能采取的行动，也细细准备了对策。但怎么样，亡人为大，总得等许扎巴家的丧事过去了再说吧。甚至，他去乡上开会之前，还到许扎巴家走了一趟，给帮忙做事的村人和邻村赶丧来的客人们敬酒递烟，尽了一村之长的礼数。他万没料到自己还没来得及回村，老父和弟弟就伤痕累累地躺在医院了。他们，竟然对自己阿爸都能下手。无数个冲动的念头,烧灼着他的胸口!但医院里需要他照应,城里的亲戚们劝导着他,二舅从聚松里急急打来电话,反复告诫他阿爸和龙丹嘉措既然没有致命伤,他就该从长计议。"长"是什么,向来踌躇满志的他,也迷糊了。但他清楚自己不会为了一顶村长的"帽子",让父亲兄弟替他受过。

夜里十点,当尹姓保从外县赶来时,晋美嘉措这才惊觉到在本城上班的仁增不在。卓嘎曼说,老三、老四刚等到阿爸从CT室出来,就一起走了,没说去哪里。

晋美嘉措的脑袋"轰"地炸了,他直觉到事情不好。仁增是个一触即发的暴脾气,巴桑这些天受够了欺负,两个人见着今天这场面,断不会再忍下去了,他们一定是要捅出大娄子来了。

晋美嘉措把医院的事托付给尹姓保和女人们,自己抬脚就走。凌晨两点,他赶回到了村里。他终于回到了村里。

阴天的夜里,山村像是一个黑暗得醒不过来的梦。一切就那样发生了。天亮时,前噶村所有的人都知道许扎巴和旺堆半夜里让晋美嘉措打了。也有人说可能不是晋美嘉措打的,旺堆邻居家的女人好像听到了他哪个弟弟的声音。还有人说可能不是一个人打的。但摸黑干的事情,谁都没见着,又怎么能说得清楚呢？反正是晋美嘉措喊醒了村里跑车的年轻人，让他们把许扎巴和旺堆送县医院去了。他说人是他打的，他会听候处置。睡眼惺忪的年轻人看到了晋美嘉措身上的血迹，他掏出一沓钱给他们时手簌簌地抖着。

晋美嘉措一个人在院里坐到天亮。天亮后，他去村委会拿回了自己的东西，然后换好衣服去了聚松里。他在二舅家吃了饭，喝了酒，好像很悠闲的样子。他和二舅说了什么，连舅妈都没有听见。晌午后二舅一直把他送到聚松里和前噶村的分界路口，他摆摆手大踏步走了几步，又转头回望，二舅还站在老地方，却莫名驼了脊背，转眼间真成了一个老汉。

医院的结果出来了。许扎巴和龙丹嘉措一样，虽然被打得不轻，但还构不成刑事意义上的伤害。旺堆就不一样了，旺堆的膝盖骨被打断，落下残疾几乎是肯定的。

晋美嘉措给四个弟弟和弟媳开了家庭会议。当了多年村长，他习惯用"会议"这个词。他说我要走了，今天开会就一个意思，从此以后，父母的事，各房娃娃们的事，亲戚娘舅的事，你们大嫂的事，不管发生什么事，你们弟兄四个妯娌四个要齐心协力办好。总之，梁家人不能在人前短了精神。

大家都尽力平静着，陪晋美嘉措喝着酥油茶。但是当警车

我的表哥晋美嘉措

一路呼啸着驶进前噶村时，从小到大从不轻易流泪的仁增捏着拳头哭成了泪人，卓嘎曼的喊叫声尖利得压过了刺耳的鸣笛声。

之后的事情，听上去好像山重水复，但经过了一道道熬人的程序之后，终究尘埃落定了。晋美嘉措的三个弟弟虽然都有作案的动机，但仁增和尹姓保那天晚上根本就没回过村，与案子无涉。巴桑本来也没事，中间却又被抓起来，再后来又查清那天晚上他虽然在场，却是去劝架的，中间只拉扯了两把旺堆和大哥，除此什么都没做，所以在拘留所待了十几天出来了。事情因晋美嘉措而起，最终还是由他自己一个人了结。旺堆站不起来了，前噶村结束了鸡飞狗跳的一段日子，顺利选了新村长，是和大姨家、旺堆家都相安无事的杨扎西。杨扎西上任后，村务方面也进行了许多改革，但有关古老的丧礼还是沿用旧制：拾柴可以让人替，回礼还是按人头，但凡男丁都有一份。

晋美嘉措因故意伤害罪获刑七年。

七年里，四个弟弟恪守晋美嘉措的嘱托，谨慎做人，共事父母，互相帮衬。晋美嘉措的儿子考上大学，顺利毕业后在外省找到了工作。女儿也风风光光嫁了人。这都是叔叔们的功劳。梁家虽然再没人当村长，但新的一茬人个个争气，考学的考学，挣钱的挣钱，在前噶村照样活到了人前面。在聚松里，街头巷

走出巴颜喀拉

尾发生口齿冲撞时，从来没人给舅舅姨姨家揭短，骂他们的外甥里出了坐班房的人。二舅说，聚松里人是讲道理、讲脸面的，谁都知道，丧礼不还礼，还打人老子，那是遭天谴的。这样的事，一个儿子娃不去拼命，不去坐牢，才叫丢脸呢。

　　尽管这样，大姨还是天天哭，几年时间都快把眼睛哭瞎了。她和大姨夫被仁增接到了城里，所以我每次回老家都能见到她。她每天拜佛，念嘛呢，心里只装着晋美嘉措一个人，他吃喝如何，会不会生病，有没有人欺负他，诸如此类。她一会儿担心自己等不到晋美嘉措出狱，一会儿又担心聚松里的大舅、二舅，还有我的母亲，会不会在晋美嘉措服刑时死掉。他们去世不要紧，要紧的是抬最后的棺轿时，大外甥得站在最前面压轿。当然其他外甥也可以，但最体面是晋美嘉措。我听着大姨的这些话，基本上茫然得插不上嘴。

　　晋美嘉措服刑的第三年，我探过一次监。临行时我百般忐忑，我知道表哥不想在那样的地方见面，但又拗不过母亲。但见了也就见了，并没有想象中的惊心动魄。人变瘦了，低着头进来时也好像有点矮了，但坐定后，他看着我不好意思地咧嘴一笑，还是那个熟悉的晋美嘉措。他说，大学生，你不该来这种地方。我的孩子都上小学了，他还叫我大学生。他说在里面啥都好，不用担心，他会好好表现争取减刑，让家里的老人们保重身体，等他出来。他说他现在学了好些技术，都是硬邦邦的真本事，以后他要以此为生，再不下川卖狗皮膏药了。说了这些，他突然问我会不会唱《为了谁》，他说他正在负责监狱里的新年歌咏比赛，除了集体节目，他还有男女声二重唱《为了谁》。和他合唱的不是女犯人，而是他们的狱警。他压低了声音，语气不屑地说：人是神气的很，可声音根本就赶不上你，每次唱到高音，她的声音就找不到了，就只剩下我的了。

我本来也强自淡定着，但听到唱歌的事，我一下子伤心了：晋美哥，我不信你会砸断人的膝盖，就算他们打了大姨夫和龙丹哥，我也不信你做了这事！晋美嘉措怅然地看着我，有点答非所问：终究是因为没考上学，迟早要吃亏。我问：值得吗，这样做？旺堆为了抢你的村长，搭上了一条腿，你为了一个馒头，落个这样的结果！听这话，晋美嘉措的神色一下凝重起来：怎么是一个馒头！那是一个馒头的事吗？大学生，你念书念糊涂了！那不是馒头，那是脸面，那是儿子娃的身份，那是几辈子人活人的规程，不争馒头争口气，你懂不懂？

感觉到自己太严厉了，晋美嘉措搓搓后脑勺，抱歉地说，瞧我这脾气，还是没改造好！你是城里长大的人，不知道这些

走出巴颜喀拉

也很正常嘛。片刻，他笑了起来，其实，我们小时候也以为那就是馒头，天天吃黑面馍，实在吃不动了，娃们就都盼着村里死个人。哈哈，那时候！

　　谢天谢地，大姨最担心的事到底没有发生。那一年腊月，大舅去世，恰好之前两个月，表哥晋美嘉措提前一年出狱了。大姨领着五个儿子，五个儿子又领着六个儿子一起回娘舅村。孙辈们都长起来了，连最小的尹姓保的儿子万玛才旦都上大学了。他们从前噶开来三辆越野车，锃光发亮地停在聚松里新修的停车场上。儿子孙子们前呼后拥着大姨，一个个相貌堂堂，虎虎生威。他们穿过满村人的目光走向舅家，齐刷刷像一支队伍。二舅眉目含笑训斥大姨，女人家就知道个哭！人生自古谁无死，大哥有这么多外甥来送他，有我大外甥在前面压轿子，也就功德圆满了，没什么伤心的！

　　大舅的丧事，我也回聚松里参加了。我看到了之前只是听说过的许多事，譬如同姓族人对丧礼的统一实施，譬如全村人长达七天的守灵，集体诵嘛呢为亡人超度，等等。聚松里人的团结仗义和能侃会道，我都领略了。我越来越深地体会到绿叶对根的情意，一种血浓于水的眷恋。使我为难的是，那每天固定的哭的程序。时辰一到，供品一摆，女人们便开哭了。各种

我的表哥晋美嘉措

·165·

声调的哭，各种音色的哭，各种说辞的哭，汇成了气势磅礴的哭的海洋。这个时候，我便不知道怎么办。我哭不出来，也想不通前一分钟还谈笑风生的人为什么会突然大放悲声，而且真的还哭出了泪。其实，我是常常哭的。一看见大姨、小姨哭我就开始抹泪，一看见没了阿爸的表妹哭，我根本止不住自己的哭声。但我的哭总是掐不准该哭的点儿，而且，我不会扯她们那样的哭腔，哭时嘴里也念叨不出一个词儿。这样的哭，在聚松里讲礼数的看客心里大概是不作数的，哭也白哭。

人是伤心了才哭，像这样唱歌一般的哭，有意思吗？咱们这种习惯，也该改一改了。我和表姐聊起这事，表姐说，其实用不着改，慢慢已经淡了。你不知道，过去是全村女人都要雷打不动每天来哭，就算互相有过节的，平日里根本不来往的，只要谁家没了人，也要来帮忙干活帮忙哭，事情毕了又恢复原样不理不睬。现在，别说有仇有怨的，一般人也不怎么来哭了，来的多半是沾亲带故的。祖宗的规程也在变着呢。

是啊，世界日新月异，聚松里也不是父亲母亲讲给我的那个样子了。但有些仪轨依然坚若磐石。大舅出殡的那天，我看着全村的男人们成群结队去林子里拾火葬用的柴了。一个男人一捆柴，一个人头一捆柴，刚出生的男婴，八九十岁的老爷爷，都一视同仁。背不动柴的老人和娃,外面当干部的人,上学的人,下川去了的人,别人可以替他去拾,但绝不能以任何理由不交柴。拾柴是男人的义务,更是权力,是身份的象征。自古以来,男人给主家拾柴,主家给男人还礼,天经地义。女人们再眼馋也没用,沾都沾不到这个事。

我看到了晋美嘉措,他的脸上多了一些皱纹,但气色红润,精神头十足。他穿着时兴的黑呢大衣,皮鞋油亮,时不时掏出手机大声讲话,派头一点不比他当干部的两个弟弟弱,似乎更端着点架子。他现在真的不下川了,他要在镇上开一家汽车修理铺,据说手下雇两个人,自己是不用干活的。他和聚松里熟识的同龄人聊天谈笑,互相打趣各自村庄的趣事。有个人突然大声说,你现在还可以竞选村长,东山再起,卷土再来嘛!其他的人听这话都讪讪地,有点怪他哪壶不开提哪壶的意思,但晋美嘉措倒是云淡风轻的样子,我竞选村长?老实跟你们说,现在硬塞给我都不要呢!都是过五十的人了,还是挣几个养老的钱过安生日子,省心。他又嘲笑说,你们聚松里人就是改不掉这个臭毛病,书没念过几天就喜欢说个汉语成语什么的!东山再起,卷土重来?山在哪里,卷哪里的土?你们这里的穷山薄土吗?他的话引出一片群起攻之:你小子话大得很!没有我们聚松里的山和土，你还不知道是哪里的一个荒魂野鬼，找不到投生的娘胎呢！一堆人你来我往，笑闹不休。

午时十二点，鞭炮齐鸣，唢呐锣鼓合奏，活佛喇嘛诵经开道，棺轿起轿，向火葬场的方向。抬轿扶轿的是所有的亲族小辈男性，大外甥要站在轿子最前面，负责顶轿。顶的意思就是别人往前抬，而他要全力阻挡，不让轿子走得太快，以示对亡故之人的挽留、怀念。轿子走得越慢，丧礼就越显肃穆、隆重。走快了，老人们就会唏嘘感慨，唉，没个贴心的人顶轿，一炷香的功夫都不到，就离开家，离开庄子了！

女人、娃娃是一路哭着，磕着头，伴轿子前行的。我挤在人潮中，磕头的起落间看到抬轿的队伍近乎静止地挪动着。顶轿的晋美嘉措双手紧攥着抬杠，脚往前顶，身向后仰。他太用力，以至于他整个的身子仿佛就要倒到后面去。正午的大太阳照在他的脸上，他的脸上之前与人戏谑的神情不见了，乡间所谓的有钱人特有的轻躁之态不见了，从村长到囚犯，再到小老板的荣辱沧桑都不见了，这个时候，他的眉目间只剩下一个表情，骄傲而神圣，悲怆而庄严。他是阿妈的长子，他是娘舅村顶天立地的大外甥，他在为身后这个逝去之人尽着最后的心意。

鎏金鎏银的棺轿走一步退三步，跟跄在崎岖不平的村道上，缠绵在亘古的仪式中。晋美嘉措是那个掌舵的人，他一个人的力对抗着后面几十个人的力，他一个人的速度表达着所有亲人痛彻的不舍。他一步步把身子向后仰去，他一次次把脸向上抬起。他的脸上，闪着点点的光，看不清是汗水，还是泪光。

我想起自己年迈的母亲，不禁泪飞如雨。有一天，这条山道上，这条往生之路上，母亲也要这样走了。母亲的最后一程，送她陪她挽留她的人，离她最近的人，也将是晋美嘉措。

下午四点半，骨灰入殓下土，丧礼只剩下最后一个程序，主家还礼。一个主事的人喊名字，另一个发放回礼。我听到自己父亲的名字，早两小时离村的哥哥的名字和远在上海工作的侄子的名字。二堂哥和小表弟分别替他们三个领了回礼，多少年来，他们的拾柴任务也是由他们代劳的。

三份礼，三个缺席男性的在场证明。我不由得细细端详它们，仿若像晋美嘉措说过的那样，那真的不是馒头——尽管，它们确实是。一份礼，一个馒头。一个由一斤面粉做成的大馒头。即便是在最困难的年代，最贫穷的人家，哪怕卖骡子盘地，也不会缺斤少两、不会掺进杂粮的，大白面馒头。

时间书（二章）

致女儿

我紧挨着空虚坐着。整整一个冬天，几乎没换过更好的姿势。有时，我做出忙碌的样子，好像一场雪就要飘起，你也刚好来到了我的门外。事实上，小雪无雪，大雪亦无雪。而你或将归来，但必得远去。我能做的，只是急急伸出的双臂再徒然地收回。

一如四百公里之外的那个人。一如在无数个冬季，兀自老去的那个人。如今，她的树上再没有可以落下的叶子了。如今，她让两只手毫无目的地奔拉着。方向，于它们已失去意义。凡门都是墙。她偶尔抬头，看看四方的天空，低头嘟哝一句：唉，今儿又不出日头。

你不知道我为什么想起你，就会想起她。不只是因为一根纽带，命脉般联结着你我她。不只是因为你，这么快，我就开始重蹈她的覆辙：等待，张望，和尽头的虚妄。事实上，我只是在冬天，才更多地想起她。整个春天，整个夏天，我忙着装扮你的鲜艳。然后，叶子一片片落下来了，叶子都落尽了。虽然并没有一片雪落下。可我的手，还不能习惯落空。我正在慢慢明白——我之所以焚心似火绕着你飞旋，是因为我以为我这样，就是在完成她。

仿佛宿命？我给予得越多，亏欠得也越多。

致母亲

这么多的春天，突然就涌到了我的眼前。我还没准备好用怎样的词语赞美它们，它们呼啦啦全开了。

这满河谷的桃李。这香透了整个夜晚的紫丁香。这雪也似的白海棠。这碧桃的红，简直红过了南方的木棉。一群玉兰，曾经以白鸟的姿势住进了我的诗，今年，只迟了一步，那振翅的双翼就成了一方方白手帕——旧书包里那些纯白的棉。纯白上面细碎的花朵，以及或明或暗的格纹。起初，它们是被整齐地叠放进去的，后来，青春潦草的汗水和泪水，弄乱了它们。再后来，它们便被永远地留在了旧日子的褶皱里。这世界，越来越多了更方便更精巧的东西，没有谁，再用手帕擦拭春天的坏天气里，落泪的眼睛。

一朵玉兰，让人想起一方手帕；一群玉兰，让人想起再不会被抚慰的过往。我断定这是一个拙劣的譬喻。而且，不具备原创性。所以，事实上，面对玉兰，我只是想：除了你的手，还有谁能熨帖出这样的亲肤感？

比较而言，我更愿意逗留在榆叶梅的花海中。这里，花朵就是花朵，仿若不再是伤口。我已经感叹过好几回了，此刻又忍不住老调重弹：不过是一个春天，不过是一个季节，这花儿何以回报如此的波澜壮阔？如此的殚精竭虑？几步之外，樱花簌簌地落着，像绝尘的仙子，而榆叶梅，一朵叠着另一朵，一串压着另一串。这富丽，这沉重，这过分的模样，让人难有超越花身的联想。但又一次，我猝不及防，跌进了修辞的包围中：它多么像你的一生。那么多的春天，那么多的捧出。

我才和你通过电话。我没有问家乡的花期。如今，那些花儿，无论开在何时，都开在你之外。我只问你，吃饭了吗？还吃得好吗？我觉得，你我之间总有更重要的话题，但每次听到你唤我的乳名，我说出口的，便只是关于吃饭。就像当年，对着一院子吃饭的人，你一遍遍喊：吃饱了没有？谁再吃点？谁再添半碗？他们太多了——先是孩子们，然后是孩子们的孩子。你看不过来。明明碗里还剩着饭，刚出锅的馒头却被抓了个七零八落。

我也不问你做什么。我知道你现在不用做什么了。你乖顺地完成吃饭任务，夹带着吃些有用没用的药片。然后，你就什么都不用做了。你终于有了大把大把的时间。有时，你久久地盯着橱柜里一排排的碗筷。那些碗筷经过你的手，源源不断地递到那些嗷嗷待哺的嘴边——那好像就是昨天的事。你恍惚了，你习惯性地伸出手，却看见就连最小的那只碗，也盛上了一层细细的灰。

你关上橱柜。你隔着玻璃，盯着自己的枝繁叶茂。那棵不再开花的苹果树，从空空的院子里空空地盯着你。

众妇女与诗和远方狭路相逢(三章)

她

没有人看见她孑孑的身影，在花园小径，在绯红色的云微微起着波涛的落雁滩——当又一个黄昏悄然而至。事实上，如此念头只能让人加倍羞耻。她知道今生永不存在这样的黄昏，一如所有的白天，她混迹于喧嚣的人群，以及忽略不计的被掠夺。

"那个黄昏，在远方……"多年前，她曾在记事本写下这样的话。从此，她不再张望落日的方向。她隔着玻璃看见自己的离开。她总是在黄昏离开。她总是在远方离开。她总是留下源源不断的离开。

她是一个住在楼上的女人。但她不是那个"阁楼上的疯女人"。她的身上没有锁链，她不会在午夜梦回时发出狼的嗥叫，也不会狞笑着去点燃某个男人和新欢的床幔。她只是在黄昏足不出户。她只是习惯于隔着一定的距离注视自己。有时候，她明亮得像一次绝色的邂逅。有时候，她需要戴上近视镜才能看清自己的对视。有时候，她具体入微像一滴忍在眼角的泪，有时候，她大而化之像陈酿的悲伤。更多的时候，她远了又近了，像曾经作别的一场黄昏风暴，像那些汗，被轻轻擦去，又幸福地涌出。

此刻，这个住在32层楼的女人，又送走了一个从前的日色。窗外，车马邮件快得像焰火闪过，日子用不着做旧，便旧了。而黄昏又至。而全部的黄昏已然落下。她微笑，沉吟："我从没爱过任何人比海更深。"

我

去远方其实是一件简单的事，穿上一件长裙子就行了，戴上一条长围巾就够了。

这是我做梦写的诗。梦里我提笔蘸墨，带着诗人特有的严肃表情。但就在那一刻，一种痛横空出世，戛然中止了即将澎湃而出的第四句。我被惊醒，一种尖锐的痛毫无过渡地将我从诗歌现场攫回。我喘着气，越来越感到喘不过气。有一只拳头擂在左心口，一拳比一拳摧枯拉朽。事实上，对此我并不过分惊惧：这只拳头，我早已熟悉它的模样。在无数个失眠之夜，它屡屡造访我的心脏。速效救心丸就在床头柜里，但我更倾向于一动不动，迎接它的到来。与其一寸寸泅渡闭不上眼的黑暗，不如在拳头的鼓点中永远地睡去。可每每当我喘着气默祷，痛啊，你来得再重一点再快一点时，那拳头，就悄然隐去了。

如同今夜。

现在我可以让自己的手抚住左心口了，现在我可以翻个身让呼吸回到本来的节奏了，现在我突然觉出了今夜的不同凡响——胸口的痛余音缭绕，和以往一样。但分明，它从所有的痛里脱颖而出：今夜，那拳头第一拳就砸到了诗歌上，只一拳就砸掉了那来历不明的造句的后来。

剩下赤条条的三行，蜷伏在我的枕侧，伺机却不动。无论转向哪一头，它们都与我面面相觑。黑暗里，它们有着清晰可见的横平竖直。我甚至听见了它们相依为命的欷歔声。看样子，它们决意从梦境穿越而来，就没打算飘忽而去。它们包裹了我的后半夜，不留一丝缝隙。它们不是痛，但却比拳头更有力。

晨曦掀开了窗帘，我知道我又走进了一个白天。劫后重生，我已无力再对那三行字怀恨在心，而且，我确信它们相貌平平，不会使我重蹈"梦中偶得佳句"的悲催笑话。

风铁一般吹过。去礼堂听报告的队伍中，我羞愧地避开靠近我的人。我怕他们从我的裙子和围巾里，嗅到诗和远方的可疑味道。

你

北京最是适合你们相遇。至少你这样暗示过自己。如果他来，那喧闹的帝都立即会变成小小的幸福之城。你们不去长城、故宫，不去天坛、恭王府，后海和三里屯的酒吧填满了虚张声势的情侣，他一听见鼓点就会皱起眉头。你想要和他去的地方是西山的樱桃沟。樱桃沟不只是樱桃，你说，全北京最好看的颜色都集合在那里。那盒香茗为他留了很久，终于等到了樱桃沟的金风玉露。茶过三巡，他起身吻了你。水杉树一簇一簇的阴影里，他的手是情场老手，他的眼，却像他爱你，如同从未涉足爱河。

上海也挺不错的。你说你常常这样想。外滩太挤，豫园太吵，田子坊的旧情调是魅惑傻老外的，而南京路和佛罗伦萨小镇的殖民建筑只适合拍照。不，这些地方，你都不去。你要在四川北路等他。他老远冲你挥手，你呢就傻傻地笑。然后你们走，只是走。法国梧桐撒播着宽大的阳光，这时候，他假意，或者真心，你都无暇顾及。四川北路的这边，是多伦路，那边是甜爱路，如果这时候突然吟一首情诗，他一定不会笑你煽情，因为你们正走在最文化最爱情的路上。但这都不是关键，你说你之所以想在四川北路见他，是因为从这里绕半个圈就走到了山阴路。那里，曾生活过一个心爱的老人。你想和他一起去看他的家。你一个人去过多次了，每次你都想，他不在家，就在街这头他朋友的书店里。

其实，在成都的锦里相见，也是不错的，你贪的老火锅如果他不敢下嘴，那么，只管赏窗外最艳的一枝芙蓉。其实，在南京的老街相见也挺好，雨是常常要下的，你们就藏到临河的某一处楼台。桨声划来幽幽的艳曲，你趁机把脸埋进他的发。其实，在西湖的孤山长桥上，在徽州的白墙青瓦间，在广西的木棉树下，在香港的紫荆花季，在云南茶香氤氲的山坡，相见一直是你怀想的事。其实在大海边，在草原上，见他该是别样

走出巴颜喀拉

风情？你说你那件缤纷的沙滩裙，多少人在青岛，在大连，在鼓浪屿，在天涯海角，称赞过它的美丽，但它从不曾开放在他的怀抱。

后来，你不再念叨那些远方的地名，你说在哪个地方其实又有什么要紧。后来，你碰见他在城市的人迹罕至处。他问："在晨练吗？"你答："随便走走。"他点点头，走向与你相反的光影。他不知道，前一刻，他正走在南半球的牧草葳蕤中，一只荆棘鸟在你们头顶幸福地盘旋。

你伫立片刻，重新迈开步子。在这条曾重重摔倒过的河流边，这一天，你没打一个趔趄。

就连河流都不能带她回家

　　我在上大学时才读到了萧红，开始便喜欢。一直到今天。其实，中国现代文学史上的女作家们，个个都魅力非凡，但私心里，总觉得冰心太淑女，那些清风明月大海的诗篇把人间的一切不堪荡涤得干干净净，固然纯洁，固然美丽，但却是我们够不着的一种风景，就像隔着玻璃在看远远的花园草坪上一位穿着公主裙的女孩。而丁玲，过于风口浪尖，过于美丽强悍，她的革命人生，她的爱情故事，她的写作遭际，都是引领时代潮流的，是寻常女子无法企及的高度。至于张爱玲，她太华丽高蹈，她太聪明犀利，她点石成金，不经意间就将人性最没有光的所在剖露出来。这样洞彻世事的女子，该是先天的就对爱情对伤害有免疫力的，偏偏，她却是爱了，也被伤了。张爱玲，她真是一个奇女子啊。

就是这样，在我极其性情化的个人阅读视野里，冰心太远，丁玲太高，张爱玲太暗，而萧红刚刚好。用时下流行的话说，她就是邻家女儿那种类型的。萧红之于我，不是激情的邂逅，而是贴心贴肺的相遇相知。我常常看着她的照片，那张被经常用于书的封面的照片上，萧红像旧式女人把头发全部向后拢去，挽成发髻，只是在前额上密密齐齐地留着她那标志似的刘海。她的脸庞是清丽的，不很漂亮但还是好看。打动人心的是她的眼睛，她的眼睛里，有一个天才的写作者该有的深邃的目光，也有几许孩子般的明澈，更多的是属于女人的犹惧和哀愁。萧红的眼睛不是清泉，是深的湖。

张爱玲的《红玫瑰白玫瑰》里，有一幕颇有意味的情节。男主人公和被他始乱终弃的旧情人不期而遇，女人回答别后情景时说："我不过是往前闯，碰到什么就是什么。"然而男人并不怜惜她的面子，男人说："你碰到的无非是男人。"无非是男人，是对这个世界极富概括性的一句话。在男人织就的天罗地网里，女人只是无处逃遁的网中之鱼。除了男人，女人还能有什么别的遭遇呢？在走上文坛走进公众视野之前，萧红也只是一个这样的女子。她为了逃开家庭给她安排的男人，毅然走出了那死了老祖父后便不再有爱和温暖的呼兰河城。她是勇敢的，然而外面，也还是男人。她先是被恋人所骗，后在困境中委身于未婚夫，怀孕后却遭遗弃，她求生不得求死都没有自由，因欠房租她被作为人质扣押在旅馆里，眼看着就要被卖到妓院。

是萧军救了她。二萧在哈尔滨的见面，是文学史上的佳话，也该是萧红生命中瑰丽的一页。她终究不是寻常的女人。哪个男人会爱上一个饥寒交迫气息奄奄的大肚子孕妇呢？萧军看到了萧红最狼狈最窘困的一面，然而他却爱上了她。是的，是爱，而不是什么豪爽仗义的同情。杜拉斯说：没有爱，留下来不走，是不可能的。

肯定是任怎样的邋遢都难以全然掩去的清秀脱俗，肯定是怎样的千疮百孔都遮蔽不尽的纯净天真，肯定是怎样的走投无路都不甘认命的隐忍坚持，肯定是像石头缝里开出红红白白的花一样难以扑灭的炫目才华——最终征服了萧军。肯定是那个苦命的女人自身美丽的生命质地，救了她自己。没有一个男人，会舍得拿自己的爱情去温暖除了绝望别无他物的女人。

爱着是美丽的。依然是寒冷，依然是无穷无尽的饥饿，但知道自己从此不再是一个人，那份踏实便可以安妥心灵。饿了巴巴地等着萧军从外面找回来吃的，冷了套上他的长袍把自己穿成个大口袋。他们食不果腹居无定所，但依然恣意地快乐着。他们有时吵架但很快和好，他们把新做的棉袍送进当铺换包子吃，他们白天找生计，晚上在昏黄的油灯下写被收进二人合集《跋涉》里的那些诗文。那时候的东北汉子萧军是一团火、一座山，萧红穿着花格子衣服靠在他胸前，一双扎着蝴蝶结的小辫流泻着俏灵灵的生机。

这些都是萧红的散文集《商市街》里的记载。《商市街》是极富私人化写作特征的一本书，二萧在哈尔滨一个名为"商市街"的地方开始的爱情生活和家庭日常是书里的全部内容。一对青年男女结合伊始的记录，鲜少情欲躁动的"身体书写"和卿卿我我的甜蜜渲染，也不张扬文学青年罗曼蒂克的时代忧愁和梦想，充斥在字里行间的几乎都是关于饥饿、寒冷的刻骨体验，和苦难中互相取暖的体贴呵护。今天的读者看这样的爱情，或许能感受到一种残酷的美丽，别样的浪漫吧？萧红是怎样一个稚拙的作家啊！她的文字令人心悸，她的述说让人一次次沉陷于新鲜的疼痛和震撼中。写到饿昏头时，她说："桌子可以吃吗？草褥子可以吃吗？"在家徒四壁只有一张桌子和草褥子的房间里，她只能向一张桌子和草褥子发问。但当她从一张桌子和草褥子发问时，她便担当了人间一切的饥饿和苦难。没有人不为这样的句子怦然心动。写到因饥寒而感受到生命的了无意趣时，她写道："我想雪花为什么要翩飞呢？多么没有意义！忽然我又想：我不也是和雪花一般没有意义吗？坐在椅子里，两手空着，什么也不做；口张着，可是什么也不吃。我十分和一架完全停止了的机器相像。"她写生病后被寄养在朋友家苦苦盼到了萧军到来时的喜悦时写道："好像父亲来了似的，好像母亲来了似的。我发羞一般的，没有和他打招呼，只是让他坐在我的近边。"

《商市街》里处处是这种令人心酸的情景，然而更令人心酸的是，《商市街》不是现场记录，而是时过境迁之后的回忆。写《商市街》时，商市街已一去不返，哈尔滨的漫天飞雪中那雪花一样无羁抛洒的忧伤和快乐已渐行渐远，那在最荒寒的日子里尽情演绎的灰姑娘的童话已风雨飘摇，看不到结局。在《商市街》的好几篇散文里萧红写道：没有食物萧军外出时，她一个人待着的家就像"没有阳光，没有暖的夜的广场"，"不生茅草的荒凉的广场"。而今，当她一字一句写下当年的感受时，才明白这个"广场"才是她短暂一生中所拥有的最为完整的家。《商市街》1936年在上海的整理出版，该是藏着怎样的隐痛啊！

不是炫耀，不是宣泄，而是对已然要逝去的所有柔情缱绻的抚摸和挽留，是泪眼迷离的再回首，是张爱玲笔下那个极其苍凉的手势。在南方阴雨霏霏的哀愁中,《商市街》是一堆温暖的火，萧红用它烘烤着自己生命中再也拂不去的寒冷。

本来，最坏的都已经来过了。本来，后面该是长长的好日子。1934年，二萧一路跋涉南下，转道青岛抵达上海。1935年，他们在鲁迅先生的帮助下，出版了各自得以成名的小说《生死场》和《八月的乡村》。自此后他们有了安定的生活，更重要的是他们有了文学的声名，在恩师鲁迅的身边，这对文坛伉俪的人生追求有了切实的目标，该是携手写出更多更好的作品的时候了。然而，太多的爱情故事，只有在童话里，"幸福和快乐是结局"。1936年，因萧军不断滋生的婚外情，家庭裂痕日益加深，萧红日日愁闷不振，最后只身东渡日本，以求解脱。但空间的距离依然不能使萧红理性地审视这份感情，她无力挥剑斩情丝，只能爱恨缱绻回到原点——但他们终究是回不去的了。从1937年一直到1938年，从上海到武汉到临汾到西安，二萧终于彻底分手。各自西东时，萧红肚子里还怀着萧军的孩子。我不知道，当萧红终于放手时，脸上是怎样的表情？当她离开"父亲似的""母亲似的"萧军，又一次走到狼奔豕突的道路上，巨大的疼痛是否还能让她哭出泪来？

几个月后，在重庆，她生下了一个将死的孩子。这已经是第二次了。第二次，萧红孤苦伶仃地面对"刑罚的日子"，生下没有父亲没有未来的孩子。

这样的收场。让人心灰如死的收场。人说萧军的自私滥情伤害了萧红，人说萧红的柔弱依赖牵绊了萧军。而当我眼睁睁地看着半个多世纪之前他们的分手，眼睁睁地看着那个从中国北部的冰天雪地一路驶来的爱的方舟终于沉没时，我了无心力说一句话，只是站在故事之外感受着尘埃落定的灰暗和冷寂。就这样戛然中止了。就这样零落成泥了。再来评价当事人是非对错还有什么意趣？那样的爱情竟然都会破碎，那样的相濡以沫竟然也会相忘于江湖，那么，这世界上还有什么是可以抓住的，是值得信仰的？

距离初次的阅读，已有二十年时间了。生活在白驹过隙中换了容颜，而当我想起萧红，却依然是那种感觉。依然是那样莫可名状的疼痛。我就是这样不能与时俱进的人。李碧华说：她对他的绝望，是鱼对水的绝望。这样的句子，就像拿着一把刀片细细地慢慢地割过人的心。我无端地觉得这该是当年萧红的切肤之痛。我没有想到，其实我对一份想象中的完美爱情的绝望，也是鱼对水的绝望。

萧红后来又有了别的男人，东北作家群的另一个代表人物端木蕻良。关于这段情缘，也是有人说好有人说坏，有人说萧红最后的时光很寂寞很凄惨，有人说其实端木给过萧红安稳和幸福。至今，学界对此纷纷扰扰，无一了断。也许，二萧最终的分手对不起他们的过去，对不起寄厚望予他们的人，也对不起后来的端木——他们曾经的爱情光环肯定遮蔽了他现实的存在，这是不公平的。就连我也常常想，萧军之后的男人，难道还会很重要吗？如果端木不好，无非是伤口上再撒一把盐，如果端木很好，曾经沧海的感觉定然也在损坏着萧红，"纵然是举案齐眉，到底意难平"。

端木蕻良，该是和萧军很不相同的一个男人，他比萧军更尊重萧红，尊重萧红的才华。但是，但是当他们评价萧红的作品时，他们曾发出几乎一样的腔调："她的散文有什么好呢？""这也值得写，这有什么好写？"

但萧红还是写着，在不被爱人理解的目光中，在外界更多的疏离和隔膜中，寂寞地写下去。她用不到九年时间的创作，最终超越了这些看不起她的男人，超越了时代。她是执着的，就是在离开萧军又接受了端木之后，就是在这样的创痛和空漠中，她依然完成了《呼兰河传》《马伯乐》《小城三月》等一系列重要作品。应该说，《呼兰河传》是萧红最好的作品。它延续了《商市街》的私人性话语，发展了《生死场》的独特的文本形式，将《生死场》中初露锋芒的那种令人不安的个人风格推向极致。《呼兰河传》比《生死场》更不像小说，但更行云流水，更淋漓尽致，更有自足的完整性。茅盾说它是"一篇叙事诗，一幅多彩的风土画，一串凄婉的歌谣"。时至今日，人们还在为《呼兰河传》到底是诗化的小说还是长篇散文争论不休，其实是什么文体并不重要，重要的是萧红自此彻底放弃了她本不擅长的时代主题和宏大叙事，而用一种更纯粹更自我的方式进行写作。《呼兰河传》是完全属于萧红自己的。

这是1940年的香港，烽火连天，一个喧嚣激情的大时代。最初的相遇是欢欣鼓舞的，萧红满意香港的一切，给好友白朗写信说："这里的一切景物都是那么恬静和幽美，有山，有树，有漫山遍野的鲜花和婉转的鸟语，更有澎湃泛白的海潮。面对着碧澄的海水，常会使人神醉的，这一切，不都正是我往日所梦想的写作佳境吗？"幽美的写作环境，激发起了萧红喷薄的写作热情。她到港后的第一部作品《后花园》问世后，接连的好评使得萧红更是振奋起来。1940年，成了萧红的"笔杆年"、

"生命年"。自此，创作在这里达到巅峰期。与此同时，她还和许多名人、著名作家交往，像茅盾、夏衍、胡风、田汉、史沫特莱、柳亚子等，热心参加很多社会活动，办刊物、开大会、纪念鲁迅、宣传抗日，可以说这几年是她短暂一生中闪光的阶段。香港，参与了萧红最好的也是最后的文学生命。

但最终，"热闹是他们的，我什么也没有"。身心疮痍不堪的萧红在风雨飘摇的年代倒下了。她那么执着地想要以双手握住的一切，一天天渐行渐远。她懂得属于自己的时日不多了，在难耐的病痛和深深的孤寂中，她唯有沉湎于回忆，在回忆中踏上回家的路。她离开家乡已整整十年了，在这十年里，她曾经竭力逃亡竭力忘却。她以为她已成功地做到了这一点。可现在，隔着千山万水，当她蓦然回首，她才发现，她的故乡并没有消遁，而是藏匿在她的体内，与她的生命融为一体。才懂得，能慰藉她残破心灵的，只有留在那遥远的"北国"小城里的依稀的儿时记忆。

呼兰河就这样从幽深的岁月奔涌而来，三十年的时光，像不可抗拒的浩荡的河流，流进了萧红的生命。萧红借此缝合了由无数的零碎情感经验组成的个人的历史，借此回到了她弥足珍贵的童年。她也许没有刻意选择，下笔时便自然出现了儿童叙述视角和口吻。她的眼睛是明澈、好奇的，她的语言是短促、啰唆、稚气、天真的，她带我们一一走过呼兰河的大街小巷，观赏所有的热闹和有趣。她告诉我们，祖父是一个多么慈爱多么善良的老头儿，她家的后花园是多么丰富神奇的世界：

花开了，就像花睡醒了似的。鸟飞了，就像鸟上天了似的。虫子叫了，就像虫子在说话似的。一切都活了。都有无限的本领，要做什么，就做什么。要怎么样就怎么样。都是自由的。倭瓜愿意爬上架就爬上架，愿意爬上房就爬上房。黄瓜愿意开一个谎花就开一个谎花，愿意结一个黄瓜就结一个黄瓜。若都不愿意，就是一个黄瓜也不结，一朵花也不开，也没有人问它。玉米愿意长多高就长多高，它若愿意长上天去，也没有人管它。蝴蝶随意的飞，一会从墙头上飞来一对黄蝴蝶，一会又从墙头上飞走了一个白蝴蝶。它们是从谁家来的，又飞到谁家去？太阳也不知道这个。

只是天空蓝蓝悠悠的，又高又远。

然而，即便有这样美好纯净的画面，《呼兰河传》的底色依然是悲凉的、无奈的。就在萧红乐滋滋地说"是凡在太阳下的，都是健康的、漂亮的"之后，却又指给我们看那些阳光照不到的角落：呼兰河人死水般的生活，生老病死的往返循环，对生命的麻木冷漠，精神的极端愚昧，小团圆媳妇的被虐致死，有二伯和冯歪嘴子的故事。在讲述这些时，萧红的口吻和视角不再是童真的，"满天星光，满屋月亮，人生何如，为什么这样悲凉"？沉重的感慨让写作的萧红再次跌回到了现实中，她的细致敏锐，她的独特的生命感受，深沉的悲悯情怀，她对民族命运的审视和忧患意识，促使她在不经意间让叙述者从天真懵懂的小丫头转换成了饱经沧桑的往事回忆者。

这种叙述视角的含混性，不应该看成是《呼兰河传》文本自身的缝隙，而是萧红的情感不容回避无力弥合的一个矛盾。她本想用童年的记忆来对抗今天冰冷的世界，她渴望在生命的最后用回忆完成对故乡的回归。回忆是萧红对自我灵魂的拯救。然而，没有谁可以逃避现实，她最终发现，她依然是回不去的。在1936年的散文《失眠之夜》中，她写了萧军热切悲壮的思乡之情，而她对沦陷中的东北故乡的态度是暧昧的，是不能与身为男性的萧军形成共鸣的：

　　而我呢？坐在驴子上，所去的仍是生疏的地方；我停留着的仍然是别人的家乡。家乡这个观念，在我本是不甚切，但当别人说起来的时候，我也就慌了！虽然那块土地再没有成为日本人的之前，"家"在我就等于没有了。

无法脱离身为女性，无法脱离永遭放逐的命运。对于萧红，家不再是某个特定的地方，而是成长中那些注定的凄风苦雨。十年前她逃出来的那个家，在十年后定然不会成为安妥她受伤的灵魂的栖息地。她无法真正回归梦中的后花园，她用作品构建的精神家园根本上也只是一个虚妄的存在，一个她无法泅渡过去的彼岸。当萧红呕心以血，写完《呼兰河传》的最后一个字时，脸上该是冷月葬诗魂的凄绝吧？却原来，生命最后的停泊点，依然是"别人的故乡"。却原来，《呼兰河传》，只是，注定了只是一场幻灭之旅。

呼兰河这小城里边，以前住着我的祖父，现在埋着我的祖父。

从前那后花园的主人，而今不见了。老主人死了，小主人逃荒去了。那园里的蝴蝶，蚂蚱，蜻蜓，也许还是年年仍旧，也许现在完全荒凉了。

大黄瓜，大倭瓜，也许还是年年地种着，也许现在根本没有了。

那早晨的露珠是不是还落在花盆架上，那午间的太阳是不是还照着那大向日葵，那黄昏时候的红霞是不是还会一会工夫会变出来一匹马来，一会工夫会变出来一匹狗来，那么变着。

这一些不能想象了。

张爱玲说："香港是一个华美的但是悲哀的城。"事实上，她终究不曾在这里遭遇太多的悲哀，并且，说到底，它还是成全了她。唯有对萧红来说，香港才确乎是一个悲哀之城。1942年1月22日，她在炮火沦陷的战时医院里孤苦伶仃地离开了人世。那场伟大的"香港大营救"从香港解救、转移了爱国民主人士、文化人及其家属800余人，但病痛中的萧红却无幸运借此从战乱中，从不愿屈从的安排中，突围出去。命运的黑手，比以往哪一次都更凶猛地扼住了她的喉咙。曾一起指点江山激扬文字的朋友们奔着新生活去了，只留下浅水湾的一抔荒滩，成为她最后的驻留。

当生命走到终点，萧红，她对自己三十一岁的生命是了悟的。她曾"向温暖和爱的方面，怀着永久的憧憬和追求"，然而，她始终是一个无家可归的人。她没有家。就连死了，也是一缕飘荡的孤魂。她给人世留下的最后的文字，是"不甘"。

不甘。

但幸亏这一生遇上的不只是男人。幸亏，除了男人，更有文学。因为有了文学的缘故，虽然，终究是掉下来了，但她确曾以稀薄的羽翼，飞出来一片属于自己的世界。那艰难的，美丽的翅痕，永远地镌刻在低的天空，从未被抹去过。

读他们，聆听藏地高原的声音（五则）

格绒追美《隐蔽的脸》

看着从庞措神山上飞下来的雄鹰在头顶盘旋时，我多么想把内心的感受写下来啊，可是，我们掌握的汉字远不足以表现内心模糊的冲动。

这是一个叫夏超晋美的藏族小孩发出的感慨。在庞大的汉语面前，他是那么的力不从心，但当时的他并不懂得这样的无奈却蕴示了一种极美好的可能：面对神奇博大的自然，面对生命中不可复制的感动，这个孩子在用心呼喊，你真美呀，请停留一下，我想用手中的笔把你定格下来——这样的渴望，因这样的渴望而产生的无力感，都是诗人才具有的禀赋。

事实正是这样，多年之后，"夏超晋美"成长为一个叫格绒追美的作家，如今，他所掌握的汉字，不但可以惟妙惟肖地还原童年时那种无可名状的忧伤和冲动，而且如诗如画地抒写了一个雪域村庄神秘的前世和今生，他的笔直朝着个体、家族、民族的幽暗、魔幻、动荡、恒定的心灵史去了。他已挺进到了藏族文化的深处。是的，读完《隐蔽的脸——藏地神子迷踪》这部长篇，我无比欣慰地感受到什么才是真正的藏人写藏人。

它当然也是有缺陷的，譬如小说故事的停跳，事件的碎片式，譬如人物形象的稍嫌平面等等，它甚至不是自足的，存在着文本内在的矛盾和困惑。但它是鲜活的，真切的，深远的，诚实的，它是我所读到的反映藏地生活和涉藏题材的作品中，最让我感到亲切的一部。共同的历史文化记忆，深植在我们的血液中，这使我在读格绒追美的《隐蔽的脸——藏地神子迷踪》时拥有了穿透汉语文本直视母族历史的第三只眼，一只隐蔽的眼。

作为一个具备完全的民族文化自觉和对故土家园有深厚情感的藏族作家，格绒追美在二十五万言的《隐蔽的脸——藏地

走出巴颜喀拉

神子迷踪》中表现出了他的文学"野心"，他要以这部小说为起点写出他的家乡康巴大地的神韵，对康藏近一个世纪的风云际会做出史诗般的展示，进而对整个藏民族历史文化的变迁和生长，过往和现状给予现代性的审视和反思。其实，这样的努力，有许多人已经做过，许多人已经做坏。有关青藏，有关康巴，可见的多是些被外界的期待视野所规训了的书写，在这样的文字中看似瑰丽多姿、风情摇曳，实则浅尝辄止、面目全非，还有那些大量的所谓地域、民族文化的浮光掠影的展示——格绒追美不是这样，他做到了以文学的能指之笔抵达雪域高原的历史所指，所以，甚至可以说，我们可以拿《隐蔽的脸——藏地神子迷踪》当一本历史书看。

这样的深厚和沉潜，首先建立在作者对家乡水乳交融的情感基础上，可以说，格绒追美的文学世界离不开广袤而神奇的康巴大地。西藏作家次仁罗布曾认真地对我说，你要评论格绒追美的小说，你最好先去游历他的家乡。我深以为是，但遗憾的是，我至今未能完成完整的康藏之行。但我从格绒追美的笔下清晰可辨地看到了他的家乡，看到了他身后的山，看到了他脚下的根——他的创作和生命深植的根。格绒追美出生在四川甘孜的牧民之家，小说中的那些河谷村庄曾经是他长大成人的真实居所，而之后的求学求职，他虽走进了城市，但这只使他具备了在一定的距离外审视故土的眼界和立场，而并未削减他对过去的人和事一丝半毫的热情和眷恋，他的情感视野从未离开过故土人情。格绒追美创作的起步，就是从歌咏生养他的康巴山水开始。多年来，他以一颗敏感多思的真诚之心，游走在故园和城市之间，在乡野村史和浮华现实之间的缝隙中，思考着"父亲""母亲"们的故事，找寻着一条通往前生往世的村庄之路。他的执着坚持、厚积薄发使藏民族幽深玄奥的历史之门徐徐打开，露出了被时间之尘遮蔽已久的脸，真实的脸。

走出巴颜喀拉

然而，历史从来没有唯一的正解。所有的历史，都是在真相和幻影之间，在既定和生成之间摇摆不定的。面对一张"隐蔽的脸"，述说其实是无力的，怎样深入的表达，勾勒的也只能是半张脸，甚或连这半张脸也是模糊不清的。我相信格绒追美对此有着极为自觉的警醒，他是机敏的，他巧妙地采用双线结构交叉叙述的方式，一条线索是现实时空中定姆河谷村落中一个家族的兴盛衰亡，各色人等的生死爱欲，而另一条线索是藏地神子"我"对整个定姆河谷、定曲河岸的俯瞰，对所有故事的统观，是自由的精灵之身对雪域高原的人和事、大地和天空、云彩和雨露的穿越，是对所有的现实和缥缈、幻想和真实、历史和虚妄的疑惑、质询。因为有了这一条线索，有了如此匠心独具的关于"我"的人物设计，贯穿始末的象征、隐喻的意味使文本与曾风靡中国的拉美魔幻现实主义浪潮遥相呼应，同时也形象地阐释了藏文化其本质上与现代文明的不同，那就是：在把握历史，言说世界时，藏人往往是以神话的传说的种种神迹和预兆的途径完成的，他们更愿意以"梦"解释现实，以心象抵达物象。

不仅如此，神子"我"的设置更重要的意义在于，格绒追美通过这么一个形象再一次让人们深陷于哲学的痛苦：存在是尴尬的。神子穿越一切，观古知今，但他无法获得肉体和语言，对于他人，对于世界，"我"是不存在的，而一旦"我"幻化为一个叫"夏超晋美"的俗世中人，所有的前世记忆便完全割断，对于今生的他，曾经的"我"也是不存在的，成了难以言说的他者。肉身和灵魂的交融永无完成之时，那么，"哪里才能找到我最终的歇脚之地？何处是我灵魂孤旅的归宿？"因此，藏人对信仰生命一般执着的追求或可得出答案，短暂的肉体生命其实是在黑暗的混沌中，只有以灵魂不灭的信仰贯穿肉体生命，肉身才能安妥，才能澄明，同时，灵魂有了肉身的依托，才不至于像漂浮的幻影，才能成为可以言说的存在。

与哲学的高度相匹配，《隐蔽的脸——藏地神子迷踪》有宏阔的写实结构，它以"风轮""风语""风马"三篇章分别记述了藏地历史的三个重要阶段：土司统治时期、革命时期、改革开放时期。定姆河谷是封闭而偏远的，但正如藏地许多的村镇一样，它并不因为地域和文化的双重边缘而幸免于现代化车轮的碾压和冲击，它已经历过苦难伤痛的震动，如今又走进了别样的惶惑和迷茫。如何展示一个民族一路踉跄而来的伤痛历史，对此格绒追美的态度是不做回避，也未虚化。他对政治权力介入导致的藏人价值体系的动摇，经济浪潮冲击引起的信仰体系危机，民族的边缘文化生存状态在强势的外力作用下已经发生和还要发生的一切，都表现出了深刻的认识，他的历史反思是审慎的，内蕴的，但也是鲜明的，富有批判性的。在他的笔下，无论是活佛、头人、僧人还是村民，都经历了属于自己的苦难，苦难远非一人一事，而是从个体心灵延伸到整个群体的民族命运，是雪域高原独特的地理文化环境下的欲望、挣扎、毁灭、堕落、重生的故事，是在旷古的苍凉和无奈中，百年的痛苦与寂寞中，寻找家园的流浪长旅。

难能可贵的是，格绒追美在小说中直面苦难，袒露伤痛，但他并没有止步于表现苦难，陷入苦难叙事的泥潭中；面对一

走出巴颜喀拉

段独特幽暗的历史，他也没有以肤浅的愤激的控诉，宣泄自己的话语权，充当时间的审判官。任何人都无力拨开历史的重重烟雾，还以本来面目，指明康庄正道。既如此，与其做愚蠢而徒劳的虚设与推断，不如从已经完成的时间和事件中，发现那些历经劫难但颠扑不破的恒定的元初的美和活力，那些历久弥新的精神和信念。格绒追美正是这样做的，他以涅槃般的文化反思，建构了对一个民族个体苦难的超越。小说中所有郁结的忧伤、疼痛、苦难，最后都在面对浩瀚文化历史时空的憧憬中，被升华为一种向上的力量。这正是藏族文化的精神质地，它在外来暴力下确曾有过萎缩，它在金钱迷惑中也许正在蜕变，但没有什么可以从根本上动摇藏人对自然、人性、神性、信仰的追求。正因如此，格绒追美是焦虑的、伤感的，但却不是虚无的，颓丧的，他以一颗刚性而柔软的悲悯之心抚摸着母族故土的疼痛。太多的山川河流千疮百孔，然而不灭的是大地上生命元初的美，轮回中必然会生长更美好、更合理的梦想和现实。虽然"世界上所有的梦早已被梦过"，但对精神彼岸的探寻将永无止境，这是一个村庄生生不息的根基，也是一个民族繁衍生长的命脉。就这样，《隐蔽的脸——藏地神子迷踪》用贯穿文本的大叙事和随处可见的鲜活的小细节完成了诗化的历史建构。

格绒追美的汉语表述有着一种不能忽略的个人风格。可以说，读《隐蔽的脸——藏地神子迷踪》，最扑面而来的就是语言的魅惑。这倒不是指它的语言所表现出来的那种华丽、空灵、铺排、雍容，而是说这样的华美形式所蕴含着的独特意味，这种意味所表达的精神质地。阿来评价《隐蔽的脸——藏地神子迷踪》说："用汉语写藏人生活，常痛惜于那些似乎用藏话才能表达的意味的消减。这部小说却用汉语把藏人对自然、对神性、对人性的知与觉表达得如此细致真切，让我深受鼓舞。"这话甚为恰当地说明了《隐蔽的脸——藏地神子迷踪》语言运用的妙处所在。这使我相信，在藏族作家中取得了最高荣誉的阿来确是懂藏语的。是的，几乎只能用藏语才能表达的意味，用精妙的汉语表达出来，这就是格绒追美不同于其他涉藏题材的作家的地方。他的语言里有血浓于水的母族记忆，有无法抹杀的民族胎痕，有无法仿制的康巴地域特色，汉语的汪洋大海丝毫没有淹没他一个藏人的口吻语气，这种口吻语气的地道娴熟和精妙每每让我在阅读中忍俊不禁，掩卷而笑，但这种会心一笑却不足以与外人道也——有时候，那些令我唇齿生香的话句其实根本就是母语的直译。我是多么欣喜地看到，原来，母语可以以这样的形式走进汉语，使之最纯粹的意味奇妙地存活在另一种语言载体中。

说到这里，或许有人会认为外族读者对这样从母语"直译""意译"而来的汉语存在某种程度的阅读隔膜，实际上，这种担心根本是不存在的，甚至恰恰相反，因为好的东西总是共通的，连接最广泛的人性的。《隐蔽的脸——藏地神子迷踪》以其精湛的藏、汉语的化用和汇通，激活的是更多的人久违的乡土记忆，它本身的优美、华丽、流畅、准确更是毋庸置疑的。小说中随处可见的比兴、隐喻、排比、递进等汉语修辞，藏地典型特色的谚语、民谣，就像金子般的诗章，像熠熠闪烁的群星，像纷然坠落的珍珠，又像康巴草原的风，风中飘荡的风马。这种美令人目不暇接，却又能句句直触心灵。

关于语言，格绒追美自己讲过来自民族的传承："数千年来，从祖先嘴里流淌出的是山泉、珍珠般充满诗意的语言。这语言据说得到过神灵的加持。充满了弹性、灵动，如珠玉扑溅，似鲜花缤纷，常常让人心醉神迷。特别是说唱雄狮大王格萨尔的传奇故事时，那语言的魔性像一片云雾罩在你整个身心之上，使你飘盈在神话的云烟中。"读完《隐蔽的脸——藏地神子迷踪》，我相信格绒追美"珠玉扑溅、鲜花缤纷"的语言也是接

读他们·聆听藏地高原的声音（五则）

受了神灵的赐助的。

　　评论《隐蔽的脸——藏地神子迷踪》是一次对我来说多少显得奇怪的写作过程，我把我心领神会的感受写下来时，却发现它与我之所思其实相去甚远，在这样一部藏人视角、藏人知觉的著作面前，我仿佛第一次对自己的汉语表达产生了怀疑，我无力用手中之笔撩开蒙在《隐蔽的脸——藏地神子迷踪》上的迷雾。但我又想，谁又能真正看清那张完整的"脸"呢，或许，我的无力也正是作者格绒追美的迷惘？他极力想要厘清历史，抓住真相，然而，旧的迷雾弥漫不散，新的还正在滋生着，被创造着。更或者，现世并不需要你揭露幻影背后的真实，恰恰相反，"隐蔽的脸"才是外界的期待。这正如小说中所写道，改革开放开辟旅游业后，定姆河谷被打造成了全球盛传的"香格里拉"，外面的人不断涌来追寻香格里拉。"这使活佛和村民们疑惑、不安：天上的香巴拉怎么会是现实的存在，它什么时候来到了人间？那我们是不是已经生活在佛的净土了？"

　　是的，还怎能言说这无法言说的尴尬？到底是谁，给雪域高原披上了一层神秘的面纱？人们为什么一方面热衷于自欺欺人地制造幻象，一方面却又乐此不疲地想要寻找真实？

　　小说的结尾，神子经历了尘世轮回后，终于又抛弃肉身躯壳，像一缕光箭远走高飞了，因为"我""不想听到凄楚的哭泣，不愿看见有人在偷情在盗窃在寻欢作乐，甚至还有人计划着谋财害命，诡计多端者的脸上笑意正浓——""我"对自己说"我要远离这是非不分、罪恶渊薮之地"。神子可以逃离，但人间永远炊烟正浓。"如果天空倾斜起来，你没有办法找到一根撑木，将它擎起。如果人心离人走远了，那么，也没有办法找到一根撑柱吧？就像天空自己变回来，走向平衡，人心也要靠自己走回来吧。"

白玛娜珍《西藏的月光》

被西藏的月光照耀的人有福了。

我的脑海中无可抑制地涌上这句话，当我捧读藏族女作家白玛娜珍新近出版的散文集《西藏的月光》时。一篇篇读下去，这种感受回环往复，不断激荡着心灵。娜珍说："此生我老了，我的余生，将在拉萨结束，就像之初，在拉萨诞生。这是每个热爱拉萨的人，自始至终的心愿。"她说，"无论去任何地方，捧着我的心，我只想回到西藏。"

从她的月光撩人中抬起头，我的窗外是城市日夜不息的喧嚣和一年比一年更猖獗的酷热。那么多匆匆的人流车流，他们要去向哪里？他们是捧着心，去向一个能给灵魂以清凉慰藉的地方吗？在他们心里，还有一个这样的地方吗？

在我的心里，还有一个这样的地方吗？为什么，太多的港口，最后都成了驿站？为什么，终点又成了起点，归人终是过客？为什么，没有一处风景，一片海，一座山，是最后的眼睛和心灵想要看到、皈依的家园？也或者，不是没有，而是它还在前方某个未知处，等着我们在对的时间、对的地方，完成唯一的相遇，唯一的停靠？

像一只倦飞的鸟，绕树三匝，却无枝可依。这是太多的现代人共同的心痛。

但白玛娜珍却可以说："啊，西藏！我已洗净身上的尘土，请你伸开手臂！"

是的，在西藏的阳光照耀下，在西藏的月光沐浴下，一点点地洗掉身上的尘土，让灵魂焕发出原本的洁净和光亮，让生命拥有该有的欢畅和意义。这就是白玛娜珍的《西藏的月光》所娓娓道来的心愿。

白玛娜珍是无比热爱西藏的，在一篇篇写人、记事、抒怀的文字里，她从多个角度、不同侧面，淋漓尽致地写了西藏之美，写了在西藏生活的幸福感、安全感，写了唯美、唯善、唯乐的西藏的人们。西藏之美，美在慈悲、豁达、纯真，美在简单、快乐、自由。《光河里的女儿鱼——回忆我的外婆》一文中，娜珍追述了外婆历经坎坷而无比美好的一生："前半生像一场爱情的传奇，后半生孤独等待中，生命却并没有枯萎，而是那么灿烂，像一株朝向太阳的向日葵。"外婆干净、豁达、善良、乐善好施，众多的邻居、馋嘴的孩子、过路的陌生人，都是外婆热情接待的座上客，"将快乐建筑在助人之上，是外婆生活的一种大智慧。所以，连夜晚可爱的小老鼠都是外婆的好朋友"。"外婆身上从没有那种年老妇人的沧桑和悲苦，一切喜怒哀乐像高原的天气，转瞬即逝，不留痕迹。""她的晚年没有孤独寂寞，没有那些个失眠、头痛的毛病，生命无疾而终。"外婆笃信佛经，每天吃过早餐便去转经，风雨无阻。"环绕大昭寺转经，就像与佛祖并肩走在一条宽敞的大道上，外婆浑身像是充满了力量和快乐，她红光满面，走得很快很轻巧。"外婆活泼、顽皮、风趣，是院子里的故事大王。讲故事时突发异想，手舞足蹈，逗乐不断。她八十多岁时，依然爱美，弥留之际说的是："瞧，我的脸色太难看了，我想要涂点口红和胭脂。"

　　这是娜珍用心灵的文字镌刻的她的外婆的形象，这也是西藏的土地，西藏的文化滋养的"西藏的女儿"。这样的阳光明媚在娜珍的笔下屡屡出现，快乐无羁的女友黛啦，公交车上扭着身子跳舞的司机和售票员，保护误入男厕所的女孩的康巴汉子，劳动中唱歌嬉戏的藏族民工。最给人留下深刻印象的就是娜珍自己的儿子，《西藏的孩子》一文中的旦，他是西藏的孩子，大自然的孩子，他整个的童年和少年时代都是在安详和谐的环境里无拘无束地游戏着度过的。在游戏中快乐地学习，这和现下中国在越来越重的考试压迫下抬不起头来的孩子们形成了多么鲜明的对照啊。旦在缺氧的高地一天天长大，但他的健康却让人看到了最心仪的绿色和希望。娜珍这篇文字，虽是她自己的爱子的"游学小记"，但锋芒和忧患直指现下教育的巨大错失：人，到底该如何成长，学习最应该给予人的是什么？教育的最终目标到底指向哪里？也许，西藏的孩子在考试中出类拔萃的确是少数，但为什么他们获得快乐和幸福感的心灵能力却是独有的？

就是这样的外婆和孩子构成的西藏，就是这样一个快乐美好的西藏，才使得娜珍发出了不无天真的感慨："张爱玲如果在这里，在拉萨的人群中，她的人生也会被感染得笑逐颜开吧？"

然而，虽然充满艳羡，但我们知道这并不是全部的西藏。

没有一个恒定不变的"西藏"，这是生活在西藏的人们日日所感知的现实，也是作家必须要冲破所谓"最后一片净土"的思维惯性所要面对的真实。娜珍热爱西藏，但她保持着足够的警醒，她并没有沉浸在千年的牧歌想象中，假装看不见被现代洪流裹挟着的西藏，所以她是焦虑的、痛苦的，《西藏的月光》多角度全方位地表现了西藏的"净土"之美，但同时，也对今日西藏在现代化进程中所面临的文化转型给予了深切的关注。她在《百灵鸟，我们的爱》中沉痛地叹息："没有酷暑，没有蚊虫，没有贼的拉萨，消失了";《射向红尘的箭》中她直面物欲横流的现实所导致的藏族青年的信仰危机和人性迷失，写了洛桑和曲珍离开故乡在拉萨的红尘欲海中随波逐流，挣扎毁灭的故事;《央拉和央金》叙述了同样来自牧区的两姐妹央拉和央金到拉萨打工谋生的经历。当古老的牧业生活与城市文明已成为一种对立，这些乡下的女孩子进退两难，二者无法兼得。其实，她们的梦想很简单：想要像城里人一样洗上热水澡，看电视、穿时尚的衣服，想有钱替父母治病而不必因此去乞讨……进城后，央金积极学汉语找到了外面的活，央拉做了保姆，她随作者去了更繁华的城市——成都，然而她并不开心。她困惑于城市生活的冷漠和疲惫，她说："他们穿得很好，这里冬天也开花，为什么他们不会笑呀？"她开始想念拉萨的太阳，想念牧场的空旷和遍山的花儿，想念童年那自由自在的放牧生活。回到拉萨后，央拉表示再也不去成都了。她形容成都是一个让人身体流汗，心脏结冰的地方。这个单纯快乐的牧羊女，最终难以融入城市的生活，无法在其中展开自己的新生活。

作品的结尾，央拉辞别拉萨回到高山牧场的家。但问题是，在那里，她还能重新开始曾经无牵无挂、无忧无虑的生活吗？还有那样的生活，驻留在她今天的家乡吗？白玛娜珍感慨道："也许央拉、央金和我，我们今生只能在城市和牧场之间，在心灵的安详和城市的浮华；在传统生活和现代文明之间痛苦徘徊。假如有一天，我们内心的信仰，我们世世代代对生命的理解，人民的习俗，能够被发展的社会所维护，幸福一定会降临，如同瑞雪和甘露……"

《没有歌声的劳作》是这类主题中最有力度的一篇散文，白玛娜珍的笔触直指时下，关注底层，对藏族人赖以生存的传统的文化习俗和劳动方式在现代化进程中所遭遇的阵痛、裂变，对藏人在现下社会生活中的孤独、尴尬和无奈，表现了深切的忧患意识。

在市场经济的狂潮袭来之前，拉萨的所有藏式建筑都是由

走出巴颜喀拉

本地藏族人承建的。娜珍写到藏族民工干活干得很细致漂亮，同时"他们干得悠然自得，每天中午坐下来吃饭喝茶就要花去近两个小时，劳动时，他们当然还要唱歌。那些歌声和着潺潺溪水，时高时低，仿佛预示着我向往已久的那舒展的生活。劳动的快乐像一首诗，史诗，使这个民族拥有高贵的精神"。然而，现实却是无情的，逐渐地，拉萨的建筑工程基本由外来工程队承包，而藏族民工由于缺乏新技术和干活的松散状态，开始找不着活干，就算找上了，也是打下手。2007年，一个内地民工一天最低的工钱为一百元，一个藏族民工的日工资最高才四十元。如今在建筑工地和其他劳动场所，藏族人和外来人一样不苟言笑，甚至有着更战战兢兢的面孔。娜珍沉重地感慨："市场经济，正在以它简单粗暴和急功近利的方式，将所有的劳动门类，沦丧为一种纯粹的生计，我们每个人，不觉中也已变成了组成它的一部分。伴随这种遥远的期望，动听的歌谣将永远消失。而没有歌声的劳动，剩下的，只有劳动的残酷；同样，从劳作中分离的那些歌谣，保护下来以后，复原的只能是一种假装的表演，而非一个民族快乐的智慧。那么，我们该要什么呢？是人们的活路，还是他们欢乐的歌谣？而不知从何时起，这两者竟然成为一种对立，而这，就是我们如今生活的全部真实与荒谬。"

是的，这是今日西藏所面对的真实与荒谬，也是当下极具普遍性的一个社会境遇：放眼望去，神州大地处处充斥着煞有介事的文化保护和虚假的民俗表演，而文化、民俗之所以存在的根基却已被抽空，田园乡村一日日荒芜，传统的劳动越来越不能给劳动者带来物质的满足和心灵的安逸，更奢谈什么劳作过程中的欢愉。也许，这是现代化进程中必然要面临的尴尬境遇，富足和进步总是要以付出优美的传统、以人心的满目疮痍为代价。任何人无力在现阶段内使其二者兼得齐美，作家要做的可能只是以手中之笔尽力捕捉现实之痛，为山川河流千疮百孔的今日之现实留下一份文字的见证。这样的见证在近二十年来绵延不绝地出现，在当下常见得几乎成了文学的又一母题，但在白玛娜珍的笔下，因其特有的藏地特色，更因其感情的忧愤沉潜，对转型期社会的文化反思充满了一种苍凉的人生况味和历史惆怅，显得尤为深沉有力。

白玛娜珍就是这样一个富有写作使命的作家，她以广阔的社会生活书写表现了自己的现实关怀立场。西藏的月光给予她的不仅是清洁单纯的心地，更有敏锐多思的头脑和执着进取的精神。虽然在《西藏的月光》一书中，她也娓娓细述了种花养狗的经历，与子嬉戏的快乐，女友来往的情谊，"爱欲如虹"的痛苦，但她从未落入一些女性散文写作风花雪月的窠臼，而是深层地表现了一个女人生命中最真实的喜乐和隐痛，也表现了一个生活在西藏的现代人在当今急剧转型的社会中所感受到的复杂思绪。娜珍以饱含着生命汁液的文字淋漓尽致地展示了自己内心的困惑、纠结和忧戚，她发问，她思考，她真诚地记录了自己与时代同步的心路历程。也许，在当今涉猎青藏题材的诸多作品中，她的《西藏的月光》算不上是深刻的，在姹紫嫣红的女性写作园地里，她也远未形成圆熟的个人风格，然而她是独特的，她的可贵就在于她是一个正在成长的作家，她捧着一颗心行走在一种对永恒困境的探索之路上。

白玛娜珍说："我的作品在纯情中潜伏沧桑，在沉淀中青春依然摇曳。我喜欢这样的创作状态和人生状态。《西藏的月光》就是这样一本文集。"可以说，她的自我评价是非常中肯的。因为有生命的投入，有内心的挣扎与痛苦，《西藏的月光》字里行间潜伏着沧桑，渗透着饱含生命真情的忧思，又因为有西藏所赐予的简单洁净和明朗乐天，娜珍的创作更表现出了纯情的质地，"青春依然摇曳"的感觉。她的文字促人深思，但不会使人悲观，她表现更多更用力的依然是西藏的阳光灿烂，西藏的月色纯净，是生活在西藏这片神圣古老的土地上的人们不灭的精神和信仰。她的写作为今日西藏留下了纯美的文字留影，也为西藏外的红尘世界提供了一份有参照价值的心灵生活的坐标，是西藏书写中有重要意义的文本。

神秘博大的西藏，成就了简单快乐的白玛娜珍，她轻轻地吟唱让我钦羡，让更多的人深深体味到，一个人，拥有家园是幸福的，守护家园是庄严的，而走在寻找家园的苍茫长路上，是值得的。

刚杰·索木东《故乡是甘南》

《故乡是甘南》是刚杰·索木东写诗二十余年的第一部诗集。

"故乡是甘南"，是刚杰·索木东的创作母题。海德格尔说，"归乡是诗人的天职"，作为一个生活在城市的高原藏族人，刚杰·索木东比大多数的西部诗人更执着于对故乡的讴歌和怀念。他"用四季的四种方式怀念甘南"，孜孜以求的就是精神的回乡。从葱茏的好年华一路走来，诗人刚杰·索木东在经历了生活中的太多之后，比以往更加确信，没有什么途径比诗歌更能抵达故乡，没有什么词语比故乡更适合安眠在诗歌中。

"草原尽头我两手空空，悲痛时握不住一颗泪滴"，这是生活在草原之外的另一个世界的诗人海子偶尔路经草原时留下的诗句，但这分明是刚杰·索木东的切肤之痛。广袤的甘南草原，美丽如画的藏家山水，在现下铺天盖地的旅游宣传里，它是美轮美奂的图景，是关于各种奇异浪漫的风情、优美淳朴的民俗的演示，是许多个"最后一片净土"的其中之一。但在生于斯长于斯的儿女眼里心里，它其实是立在村口地头悄悄抹泪的白发亲娘，她的胸口不再是你恬然安居的地方，她注定要看着你远去，但你注定永难割舍，"远去的脚步／在那条老路的尽头／踩响整整一生的思念……"是的，刚杰·索木东所有的诗章只是在轻轻诉说：故乡是甘南。而他，在远离它的地方，"坚持用一种方式"，"坚持用一种心情"，"坚持用一种姿势"，"完成着一生的眷恋"。

故乡是甘南，刚杰·索木东的故乡，我的故乡——甘南从梦中走过，月光诗一样铺满金子般的草原。但即便是在梦中，我们也忘不了，甘南并非乐土，它有多么美丽博大，就有多么荒凉贫瘠，它有多么温暖悠扬，就有多么忧伤局促。它在夏日里捧出世间最美的海子，又在初秋的第一场风雪里就让羊群和草地在凛冽的肆虐中褪尽了颜色，它诞生了传奇和史诗的

读他们·聆听藏地高原的声音（五刚）

那些英雄部落，如今在城镇化的潦草和慌乱中，呈现着尴尬苍白的命运。这样的故乡，刚杰·索木东在他乡的忙碌奔波中，从来没有停止过回望，他叩问自己："走出故里我就能摆脱困苦吗／甘南，遥望经年的故乡／贫穷苦难夜夜撕裂我流血的心愿……"多风雪的甘南，"羊皮袄捂不热的甘南"，总是不经意间就错乱了诗人的天气，"秋末，对一场大雪的虚构／其实是对故土和乡愁的虚构／那些在秋雨中／缺少狗吠和鸟鸣的村落／那些在秋雨中／散去炊烟和歌声的寨子／此刻，向乡而望的眸子里／过冬的念想／还会是回归故里的匆匆脚步吗？"

刚杰·索木东如此地沉湎于怀乡，这使得他的诗歌很容易被划归到乡愁诗的谱系。这是一个无比强大久远的谱系。从最初的《诗经》中"我徂东山，慆慆不归。我来自东，零雨其濛。我东曰归，我心西悲"的乐句开始，"乡愁"便成了再无断绝、历久弥新的诗歌主题，屈原说："陟陞皇之赫兮，忽临睨夫旧乡。仆夫悲余马怀兮，蜷局顾而不行"，李白说："举头望明月，低头思故乡。"杜甫说："万里悲秋常作客，百年多病独登台。"贺知章说："少小离乡老大回，乡音无改鬓毛衰。"马致远说："夕阳西下，断肠人在天涯。"在当代诗歌中，郭沫若有《黄浦江口》，闻一多有《太阳吟》，戴望舒有《游子谣》，余光中的乡愁诗更是以浓得化不开的中国情结，震撼了海峡两岸共同的心弦。乡愁诗一路走来，风情万种，"悲凉之雾，遍被华林"。虽然如今的乡愁，其产生的背景时势已大不同，但古典的传统的影响还是明显地表现在刚杰·索木东的诗歌中：对民族的认同、归依，对故乡的思念、眷恋，对文化的挚爱、追寻。深沉的悲患情怀，强烈的民族意识和鲜明的文化精神，使刚杰·索木东拥有了属于自己的诗美建构。而惯常的主题在他的诗中因其独特的藏族文化和甘南地理，而显得更加深邃、斑斓，他以他清新流利的诗篇为源远流长的中国乡愁诗画上了一笔别样的色彩。

但其实，对于刚杰·索木东，我并不想做如此理性而愚蠢的分类和概括。我知道，他之所以"用四季的四种方式怀念甘南"，之所以绵绵不绝地写着草原，写着草原的星空、神鹰，格桑的绽放和马莲的忧郁，写"大金瓦寺的桑烟刚刚升起"，写"黝黑的屋檐下畏寒的麻雀"，写"长夜漏风的黑帐篷"里"以泪洗面的新娘"，写"阿妈刚把最后一粒种子／连同秋天一起收起／一场大雪／已经迫不及待地落满草原"——是的，他之所以刻骨铭心于这一切，只是因为这就是曾属于他自己的过往岁月，这就是他自己的青春记忆。所有的追怀都让人"想起十八年前的那个少年"。正是在这一点上，刚杰·索木东的诗歌从根本上区别于那些在东部期待视野下的所谓西部诗歌，那种邀宠炫美式的"民族写作"，更区别于那些观光客冷漠时髦的漫笔纪事。无关痛痒的浮尘，从不会缭绕在刚杰·索木东的诗笔之下。对于他，所有的地理人情、土风民谣，都是成长的印迹，都是心灵的故事。他以自然的笔调记录它们，他以神圣的情感追怀它们，那些正在草原上一点点消逝的事物，那些渐行渐远面容模糊的古老文明，他愿意以自己的方式定格在挽留中，如同老家的木楼早已在时间中倒塌了，但他的灵魂始终流浪在它的旧尘缭绕中。是的，刚杰·索木东轻声吟唱的只是一支旧调子：并不是什么东西都是可以拆除，可以重建，可以从头再来的。关于故乡甘南，关于甘南大地上的一切，它们本来就是他，他与它们融为一体，而如今，"游牧在一座城市"，他不过是找到了可以回望、追怀它们的适宜地点，找到了弥合那种身心撕裂的无奈方式。他让自己深信不疑，诗歌的力量正在于此，它以微弱之光持久地照耀着我们黯淡紧窄的人生里那些柔软的缝隙，那些存放在记忆深处的眷恋和热爱，放弃和疼痛。

正因如此，刚杰·索木东的诗自然、本色、真挚、热烈，是纯粹意义上的抒情诗。在当下的语境中，"感动"是一个极其被滥用的词汇，但我仍然想说，刚杰·索木东的诗会感动很多人的心。也许，他的忧伤，他的悲愁，他对于故乡甘南多年如一的执着守望和呼唤，显得太简单绵软了一点，太"正常"公共了一点，但诗歌最重要的、最不可或缺的诗人心灵的力量，刚杰·索木东从不缺乏。真情的重量，远胜于一切旗帜潮流的标示，胜于任何先锋后现代的诗歌技艺。

2020年，这个被疫情阻隔的春天，窗外的花儿们还是如期开放了。仿佛因为寂寞，比以往的春天开得更加斑斓一些。喜欢拍照的刚杰·索木东又拍了一张从石缝里漫延而出水一般洒了一路颜色的蓝花，他又做了一桌红红绿绿的家常饭菜，他又写了一首朴质清新的诗歌，"纵使此刻，我已泪流满面／还得面向春天，努力说出／人世温润，踏歌徐行"。

诗人刚杰·索木东叫我"小姨"。在我的心目中，他还应该是一个孩子，但分明，中年的沧桑已悄然占据了他的眼角眉头。现在的他，是不是更柔软敏感了，要不怎么会常常在生活中遭遇到泪流满面的理由？现在的他，确实是更加地宽怀释然了，要不怎么会让"温润"这个美好的词走进他的诗歌，从此不愿舍去？

要经过多少成长的疼痛，多少峥嵘的离别，才能含泪吟哦人世的温润？从一个父亲的儿子到一个儿子的父亲，他收获的不仅是满怀的欣悦，更有悲怆的放手。他积极规整的日常里，依旧潜藏着无法触碰的心事。我那么切近地目睹了刚杰·索木东坚实前行的这一路，我如此欣慰地看到他在走过这一切后，让生活和诗歌都朝向了一个有更多阳光和露水的方向。"蛛网早已结满房梁，屋角和空着的仓廪"，已是注定要挥别的过去，而"绘上鸟啼，绘上蛙鸣，再绘上狗吠"，让"漫长的日子，多出来温暖的色彩"这才是他在今天所做的事。

没错，刚杰·索木东一直是一个直面现实、努力超越的人。《故乡是甘南》是一份沉甸甸的收获，足可告慰多年的怀乡之情，但他没有一劳永逸在这条"抒情"的路上，近些年的诗作中，与"甘南"一样频繁出现的是广阔的"北方"。他不再以一个纯然的羁旅者的身份激情地书写乡愁，而是把双脚深深地扎根于安身立命的这一片土地。他深切地关注身边平凡的生存，他温情地抚慰人世的苦难。人性的深情、隽永、熨帖，使得他的诗歌具有了前所未有的博爱情怀和人文关怀。从远方回望"甘南"依然是必须的，但在"北方"的凡俗日夜，他开始常常低下头检视自己的内心："这些年，我总是对万物奢求太多 / 这些年，我尚能对众生心存悲悯。"

我相信刚杰·索木东正在经历着一场深刻的蜕变。人世温润,这个一直在路上的诗人,正在使自己更善良,更广阔,更丰厚。

梅萨《半枝莲》

我似乎在等待一个人的到来,因为五月的理塘依然白雪皑皑。

这是梅萨的诗句。读到这句诗,我的眼前便浮现出一幅壮阔而绮丽的图画:雪域高原,千峰之间,大风激荡,经幡猎猎,一个身着曳地藏袍的女子站在风口,皑皑白雪包裹着她,环佩叮当缭绕着她,她眯起眼望向天空上面的天空,道路前面的道路。她在等谁,怎样的一个人,怎样的一份情,将辜负这旷世的等待?黄昏渐次褪去,终于,她站成了海子诗里的一个姐妹,所有的风只向她吹,所有的日子都为她破碎。

这是我对梅萨的想象。事实上,梅萨娇小、纤柔,而且温婉、合群。但多么奇怪,从第一次知道她,一直到见到她,朝夕相处中成为亲密的朋友,我一直都顽固地坚持着自己的这种想象。我心目中的女诗人梅萨,她的鲜艳要更狰狞一些,快乐要更爆发一些,孤独要更决绝一些。

梅萨是四川雅江人,自小生活在甘孜藏族自治州州府康定市,那个被一首月亮弯弯的传世情歌映亮的小城。在中国,或许没有人不知道那首情歌吧，世事沧桑，年华更替，但跑马溜溜的山上那朵溜溜的白云，在绵延不绝的吟唱中，以亘古不变的姿势招摇着天籁之美。它缭绕旖旎的旋律，端端溜溜地撩动了多少爱美多情的心灵，使他们对遥远的康定小城滋生无限的向往。记得一次聚会上，梅萨理所当然地被大家叫起来，红着脸颊唱那首《康定情歌》。可是，难道只有我一个人觉得那决然不是属于她的歌吗？"李家溜溜的大姐，人才溜溜的好哟，张家溜溜的大哥，看上溜溜的她哟。一来溜溜地看上，人才溜溜的好哟，二来溜溜地看上，会当溜溜的家哟……"这散发着浓郁的农耕文化气息的歌词和旋律分明更像是汉地宅院里的甜言蜜语，更像是廊檐亭台上的温婉情致。但梅萨属于辽远，属于空旷，属于冷冽，属于山河磅礴的广袤藏区，而不仅仅是康定一隅。

当然，梅萨与康定密不可分，她日日生活在那里，安守着那里的美丽和清廖。身后的跑马山，眼前的雅拉河，是她最坚实的精神支撑，但尽管如此，尽管文学表达与地域维度的关系越来越得到强化，大家言必称福克纳的约克纳帕塔法，马尔克斯的马贡多，大江健三郎的北方四国森林，奈保尔的米格尔大街，杜拉斯的湄公河岸，鲁迅的鲁镇，沈从文的湘西，萧红的呼兰河，以及眼下正在千宠万爱中的莫言的高密东北乡。因了这一切，荣格多年前说过的一句话"扎根于大地的人永世长存"，成为卷土重来的新时髦。在所谓"接地气"的热潮中，作家们一哄而上，在越来越模糊越来越飘忽的"故乡感"中掘地三尺地寻找着故乡，尽管梅萨跻身于其中的康巴作家群风生水起，已然成为一个值得关注的文学现象，但我还是不想顺手揽起"故乡"和地域文化资源的理论武器评析梅萨。在我心里，我们始终只有一个共同的故乡——喜马拉雅，巴颜喀拉，贡嘎雪山，阿尼玛卿，"金子一样的山上开满了金子一样的鲜花"，连绵的山下总是连绵的草原。"逐水草而居的游牧部落／在蓝天白云下自由迁徙"，马蹄飞扬长袖如云处，梅萨一袭长裙，款款而来，一百零八颗红珊瑚珠在她的手腕上璀璨如火，她黑色的鬈发随风狂舞，波涛起伏。是的，事实上，她就是如此美丽，如此大气，有着荒野一样的力量和自由。这样的一个梅萨，必定是通过她的诗歌被建构起来的。除了诗歌，还有什么更能勾勒出诗人最真诚、鲜活的面容？这个夏天，当我一遍遍地打开梅萨的诗时，我感受到了一种交汇的震颤。"日落，一头牦牛走向天边"，这极具镜头感的诗句一下子把我带到了甘孜草原的天地苍茫中。曾经，在我涉足过的青藏山河，我无数次地被那样的黄昏之美击中，今天，它再一次通过梅萨简洁有力的造句俘获了我。她说，"极寒高地，暴雪肆虐／一年四季只能用冬天来谈论"。她说，"七月，如火的北京／你的那件白色 T 恤让我人面桃花／雷电交加伴随一场大雨／有些爱情在七月阵亡"。她说，"心的周围布满了眼睛的血丝……"我得承认，梅萨的诗自然、本色，甚至简单、清浅，但却真挚、热烈、鲜明，从不似是而非，不无病呻吟，不欲盖弥彰、欲露又遮，它们是有形体、声音、温度、色彩和重量的表达。

梅萨喜欢写雪，她的诗里总是小雪曼舞，大雪纷飞。这样的诗歌意象自然源于她生活之地的海拔地理。梅萨的康定也和青藏高原上的许多地方一样，长长的风雪季节迷蒙了春的概念，千年积雪以信仰的光芒闪耀在高高的贡嘎山巅。而梅萨笔下的雪，正是藏地凛冽的物候之美和圣洁的心灵之美的具象化。雪，承载着整个藏民族的内在诗意，镌刻着民族文化最深刻的烙印。对"雪"绵密往复的深情述说，凝聚了一个雪域女子全部的情感。这里，有对故乡的热爱和坚守，对民族的眷恋和归依，对文化的自觉和追寻，也有对爱情的缠绵和领悟。哪个女子不渴望一场盛大的相遇，一份恒久的拥有？一个雪中的女子，该是更懂得守候的意义吧！然而，所有的爱情都有料峭的身影，太多的女人都适合在幻灭中眺望，当渴望中的那一场美好盛大的相遇，理想中的那一份天长地久的拥有，终于像雪一样扑面而来，又像雪一样倏忽而逝，等待的人站成了怎样的一枝料峭寒梅？怎样的一副执念于无望春讯的傲拔冰雕？"雪海茫茫，心境岑寂／候鸟的最后一次迁徙／将雪原的天空分割东西……"梅萨深谙苦与乐的人性世界，她不撒娇，不煽情，她写出了痴迷的相思和等候，写出了深刻的孤独与悲怆，痛苦的苏醒和告别，"一个人的夜晚"，她"以雪为墨，以石为砚"告诫自己："不许守着长夜嘶声呐喊／雪原的回音漫无天涯"。一个迎向缘起和相约的女子是幸福的，而走过"割舍和凋零"的女子，她，是强大的。

"我的笑，宛如一朵燃烧的莲／绽放在被月光雕琢的古城"，梅萨说。毋庸置疑，梅萨喜欢莲，"莲"是她诗歌中的另一个关键词。除了频频写到莲，她的诗集也直接以《半枝莲》命名。如果说"雪"是梅萨的此在、地域、物候、生活、情感，那么"莲"就是梅萨的彼岸、精神、灵魂、信仰、智慧。在此在的境遇中分分合合，下陷、沉沦，在对彼岸的追求中生生不息，超脱、飞升，朝向至真、至善、至美的澄明之境。"莲"在藏族传统文化中的象征意味是不言而喻的，梅萨深谙藏人心理，拥有完全的藏人视角和知觉，她的"莲"之语就像一首首境界舒放、格高思逸的藏语古歌，字字行行都是向往神性追问人性的心灵独白，吟唱着对高原母土、对民族文化的挚爱深情，对神圣信仰的执着求索。她的创作是有根的，是带着地气的温热的，她从未停留于外在的追求与表现上，而是尽力让诗歌直达内在的诗意，这种诗意属于康定山水，属于更辽阔广大的康巴文化，但更是属于整个藏民族的深层诗意。雪域净土，无限地接近太阳，接近神的呼吸，慈悲无边的佛光沐浴中，梅萨不停跋涉在她的民族和这片土地所赐予她的命运之旅中，赤诚谦卑，以写诗的方式潜行修远，触摸生命的本真。由此，她拥有了生活与德行之美，找到了尘世之人穷其一生苦苦寻觅的精神家园，也建构了属于她自己的诗歌风骨。

一个被雪花滋养，被莲光照耀的女子，她和她的诗，注定是要被时光祝福，被岁月玉成的。而当我想起她，想起我们共同的明亮的故乡，我觉得自己也被照耀。

万玛才旦《嘛呢石，静静地敲》

《嘛呢石，静静地敲》这部小说集，我是在飞机上读完的。

从兰州到杭州，到北京，到上海，到大连，那一年整个6月到7月的行程中，我一直随身携带着它。这并非出自勤勉，而是因为，我那时忙着想要为它写点什么。但终究，我什么也未能写出来。事实证明，这部书的秉性之一，就是拒斥那种急功近利的浅阅读。

尽管如此，我还是收获了一个别样的发现：在飞翔的静止形式中，在一万二千米的高度上，读《嘛呢石，静静地敲》实在是一种适宜的时机。在偶尔的气流颠簸中，将目光从书页上投向舷窗外时，看到的永远是云。它们或浓，或淡，或密密地堆积，或慢慢地游走。它们千姿百态，却无一例外地从容着，淡定着，好像从不急于赶往某个方向，好像唯此刻是永世安好。天高地远，它们生来就天长地久——这多么像万玛才旦笔下的小说所呈现出来的一种生活形态：那些遥远的草原和村庄，那些混沌无名的时间，那些随日光流年渐次隐退的爱恨情仇，那些闲云成雨的人生，那些百转千回的溪流，在大地的皱褶里无声地流淌，像是遗忘般诉说着关于一个民族的铭记。

行云流水，是的，这就是万玛才旦的小说给我的感受。纵观《嘛呢石，静静地敲》中的十个短篇，每一个故事都是平常存在，所有的篇章都是自然叙述。简单、平淡、从容、自然，已然构建了万玛才旦小说基本风格的是这些朴素的形容词。作为一个藏族作家，作为一个以青藏为创作题材的西部小说家，万玛才旦摒弃了一度盛行至今方兴未艾的那种写作模式：迎合东部期待视野的边地风情展示，民族宗教、文化炫美心态下的传奇追述，以及貌似深刻神秘的时髦而冷漠的"原生态"纪事。他走上了另一条道路，以当下的，普通的，日常的藏人生活为自己的书写内容。究其深里，这样的选择不仅仅关乎小说的取材方向，更是一种严肃的自觉的文化立场。毋庸置疑，如此立场在万玛才旦的写作中肯定是必要的。

《午后》实在是一部饶有兴味的短篇佳构。少年昂本一觉醒来，记起自己和情人卓玛今晚有约，便心急火燎地走到了田间小路上。路上亮晃晃，如白昼一般，他抬头看了一眼天空说："今晚的月亮真亮啊，刺得我都睁不开眼睛。"但他还是觉得舒服，因为"今晚的风很好"。接下来，昂本依次遇到一条蛇，听说他要去约会便莫名其妙地嘲笑他是傻瓜的少年贾巴，想嫁给他的二十岁小寡妇周措，一只黑猫，一辆手扶拖拉机，一只黄狗，想招他做上门女婿的东巴大叔，最后，他来到了卓玛家门前，却猝不及防地撞到了卓玛的父母兄弟。"跟情人约会时被她家人看见是最令人尴尬的事"，"平常这个时候，卓玛家的大门都是紧紧闭着的，人都睡了，今晚不知为什么会这样。"

小说的最后，卓玛涨红着脸说："傻瓜，现在才是午后，太阳还在头顶呢。"少年昂本懵了，他不知所措，过了好一会儿才说："那我回去再睡一觉。"

就是这样，《午后》讲述了一个"几乎无事的喜剧"。我之所以最先评述这个短篇，是因为它简单却集中地体现了万玛才旦小说最炫目的特质之一：轻盈，洒脱，足够的善意，有节制的魔幻。日光之下无新鲜事，但有一个少年却将太阳当成了月亮，小说的卖关子给予读者的不是嘲弄（我们竟然也随着懵懂的昂本走了一路的月亮地），而是充溢的温情，只有胸怀太阳一样炽烈的赤子之心的青春少年，才会犯下如此"美丽的错误"。而写下这样故事的人，他的心里，定然也撒播着月光般的明亮和纯净吧。

正如《午后》所呈现出来的，万玛才旦的小说世界是简单的，但这样的简单绝不是一览无余的粗陋，场光地净的直白，而是幽深无边的青山捧出的那一声鸟鸣，是满园春色偶露峥嵘的那一枝红杏，是苍茫大海上驶来的八分之一的冰山，是历尽千山万水的朝圣之路在佛光下无语匍匐的那一拜。万玛才旦深谙简约之于短篇小说艺术的重要性，他披荆斩棘，将婆娑缠杂的叙事藤蔓一一归顺、修理，删繁就简成精干利落的白描枝干。

篇幅短小了，故事简洁了，但回味更悠长了，寓意更丰厚了。《嘛呢石，静静地敲》《八只羊》《脑海中的两个人》《一块红布》都是如此，看上去极为平实简练，却又充满了多重隐喻，是经得起深度阐释的小说文本。

《陌生人》的故事，看似波澜不兴，却激流暗涌，意味深长。一个"陌生人"从遥远的大地方来到村庄，寻找叫卓玛的女人。他认定这是二十一个卓玛的故乡。藏语"卓玛"，即"度母"的意思，二十一度母，是雪域大地的慈悲之神。陌生人为什么来找卓玛，他是谁，有着怎样的过往？为什么，他说"你们这里的阳光比我们那里的好"？为什么，他口袋里有大把大把的钱，脸上却是"一副疲倦和哀伤的神情"？虽然小说始终未对这些问题给出答案，"寻找卓玛"这条主线的象征意味是含蓄的，潜隐的，但也是能指的，欲藏还露的。问题是，卓玛的"故乡"并不能给予这个执着寻找的陌生人他期待中的回应和交集，这个小小的村庄，满街游荡着无所事事被廉价酒灌得摇摇晃晃的年轻人，一棵挂着许多哈达的歪脖子树，"人们相信它是一棵神树"，但它"看上去一副无精打采的样子"，"孤零零地立在那儿，在阳光的照射下显得蔫不拉唧的"。小卖部里那个叫卓玛的女孩把"瓜子皮吐到前面的水泥地上，地上白花花一片。"

为了挣到陌生人承诺的一百元钱，更多的卓玛纷至沓来——她们都不是他要找的卓玛。最后，一心想要离开这里的售货员卓玛跟着他走了，当然，她也不是他要找的卓玛。陌生人离去时"有点失望，也有点失落"，但这一点也不影响村人用他留下的三瓶酒继续热闹下去。

我不知道为什么，几次读《陌生人》，心都被一种无可名状的忧伤牵扯着。也许，众生皆有神性，安宁趋善的生活就是佛境，但茫然和无知，浮躁和喧嚣，使得我们成了"故乡"的"陌生人"，神迹永在远方。那么，一个民族的文化传承，一种传统的有效延续，到底需要怎样的内里的支撑，怎样的精神的交接，才不至于在变异中遭遇坍塌，在"形式"中走向沦丧？

万玛才旦精通汉、藏双语，除了写小说，他还从事翻译。他曾将广泛流传于藏族地区的一个经典民间故事翻译为汉语的《西藏：说不完的故事》出版。这本"说不完的故事"是一个大故事套二十余个小故事的叙述框架，而众多故事的源发是因为赎罪之人德觉桑布受大师旨意，要将如意宝尸背回人间，造福世人。完成任务必须遵循一个规则，背宝尸过程中他不能开口说话，一旦说话，背上的宝尸就会飞回去，他又得重新去背。但如意宝尸是个太会讲故事的精灵，它以妙趣横生、引人入胜的故事引诱德觉桑布，使其无论怎么克制小心最终都情不自禁地发问或感叹，从而前功尽弃，一次次从头再来。德觉桑布背宝尸的故事让我自然地联想起推石头上山顶的西西弗斯，但显然，它比后者多一份藏人智慧的轻松、有趣，少一份西方哲学的悲剧宿命感。这里，之所以提起这部民间故事集，并不是我想插进来对万玛才旦翻译才华的赞扬，而是因为在他的短篇《第九个男人》中，我欣喜地看到"说不完的故事"传统对万玛才旦小说叙事的渗透和影响。万玛才旦深刻了解藏民族叙事故事的精髓，他成功的化用使作品浑然天成地拥有了一种蕴藉的民族性，在汉语小说中不可多得的异质性，散发着一种迷幻而又亲切的气息。

《第九个男人》中的第九个男人，是作品中着墨不多但却属精心打造的"男一号"，这个人物猛一看，像极了尸语故事中背宝尸的德觉桑布，在女主人公雍措每讲完与一个男人的情史后，他都要情不自禁地插话，给予评价，偶或表示理解、认同，但更多的是鄙夷不屑和愤恨。他的话往往只有寥寥一言半句，却有居高临下的优越，置身事外的敏锐，颇见见多识广，才德俱全。这"第九个男人"以他的插话串起了小说中的九个故事，同时也塑造了卓然不群的自我形象，使得读者眼前亮了心头热了，随同雍措一起对她将要开始的第九段生活，充满了幸福的期许。但幸福就像那个狡猾的宝尸，"噗哒"一声又飞回去了：这第九个男人其实质和雍措所经历的前八个男人一样丑陋，他言行不一，是一个彻头彻尾的伪君子。如果说前面的八个男人分别代表了八种不同的人性之恶，那么这第九个男人则是那种最让人不堪忍受的阴暗。

应该说，这第九个男人算得上是万玛才旦笔下一个极富性格的典型形象，值得再三玩味。但我掩卷而思，意绪却总是缠绕到小说的女主人公身上。雍措，这是个怎样的女人啊，她正当年华，脑子和欲念一样简单，一不小心就陷进了狭促险恶的环境。男人们要掳掠她的身体，女人们则嫉妒她的美貌。她先后遭遇了破戒的僧人、始乱终弃者、奸商、卡车司机、骗子、性亢奋的放羊娃、性无能的村霸、视女人为生育工具的独生子，饱经欺骗、凌辱、暴力和抛弃。小说开头第一句便说："在遇到这个男人之前，雍措对所有的男人都失去了信心。这个男人是雍措的第九个男人。"然而，正是这个男人，使雍措重新焕发了对生活的信心和幸福感的男人，却成为伤害雍措最致命的人。作品结尾处，雍措不知去向，留给第九个男人的是雍措的两根长长的发辫。雍措万念俱灰，削发为尼了吗？或者，斩断

读他们：聆听藏地高原的声音（五则）

情丝，流落他乡，又去遭遇不可知的厄运？甚至，一死了之？故事在这里戛然终止，设置了无穷悬念。

这实在是一个浸泡在苦水中的悲惨的女性，她命运多舛，令人唏嘘不已。但让我惊异的是，就是这样一个女性，这样一个极尽繁复的苦难文本，万玛才旦的笔调也是平静的、淡定的、从容的。他不渲染苦难，似乎苦难原本就是生活的本相；他不夸大同情，因为同情于残缺的生活无补；他不煽情人物的承受，甚至，他让雍措在面对接踵而来的打击时，脸上挂着的一度是茫然的、混沌的、麻木的表情——这真实的笔触令人心颤。其实，世界上从无可量化的痛苦，痛苦的大小轻重完全取决于当事人的感受力。雍措面对自身的痛苦遭遇，是后知后觉的。她没有哭天喊地，没有悲痛欲绝，她几乎没有选择过人生，只是被动地接受着命运。当世界以"男人"的面目露出狰狞之相时，她无力抗争，只是做着一点本能的挣脱。这是一个蒙昧而坚忍，懵懂却宽厚的女性形象，她不同于那些熠熠生辉的完美女性，但却是代表着最民间的另一种"地母"。万玛才旦以冷静克制的叙事风格，塑造了泥沙俱下的当下环境中一个极为独特的藏族女子，更关键的是，他写出了她泥淖中的成长。是的，雍措并不是一个一成不变全然定型的人物，尽管成长的代价太过沉重，但她还是艰难地成长着，警醒着，觉悟着。生活在给了她那么多不应该的打击后，终究还是赐予了一点应该的礼物：雍措终于对自身的处境、需求，对自己与男人的关系有了清醒的认识，她最后离开了第九个男人。实际上，如果仅仅从生活的外部形态看，她至少可以在第九个男人身边衣食有保障地活下去。然而，在经历了这么多之后，这个女人，终于懂得，孤独比饥寒更难忍受，心灵的流离失所比身体的风餐露宿更让人绝望。

　　这才发现，万玛才旦是个极会写孤独的作家。他的小说里，遍布着孤独之人。雍措是个孤独的女人；那个前来寻找卓玛的"陌生人"是个孤独的男人；用"一块红布"蒙住眼睛感受这个世界的乌金是个孤独的小孩；失去了丈夫和儿子的阿妈冷措是个孤独的老人；看见了"死亡的颜色"的小伙子尼玛感受着深深的孤独；长到十八岁突然成了转世活佛，从俗世生活中被连根拔起置放到佛界高地的乌金，何尝不刻骨孤独着？因为孤独，放羊娃甲洛对着听不懂藏话的老外，自说自话，泪流满面；因为孤独，洛桑一个月里几乎有二十天藏在酒醉里；因为孤独，没有"身份"被人遗忘了的孤儿塔洛，以背诵毛主席语录的讶异方式寻找着与他人的对话，对自我的确认和"命名"……孤独遍地，但这不是图穷匕见寒光闪闪的孤独，不是长空裂帛凄绝悲歌的孤独，也不是暗夜无边噬人心骨的孤独，万玛才旦的小说世界独有的孤独，是举重若轻落地生根的孤独，是高风徐来月挂经幡的孤独，它笼罩着一种优雅的、幽暗的、迷人的光晕，从容地、笃定地、平实地，甚至是幽默地，从每一个故事，每一个人物，每一段字句中浸满出来，氤氲开去，让读者情不自禁地沉湎于一种清冷、淡远而悠长的感伤中。因着这样的特性，万玛才旦的小说以其温和的立场，简约的叙述，白描的手法，朴素的语言，却得天独厚地拥有了诗一般的光华质地。

　　我想，写出这些故事的万玛才旦，又是小说家又是翻译家又是电影导演的万玛才旦，也该是一个孤独的人吧？正是因为有着一颗柔软而高贵的孤独之心，这个高原之子，在一次次的渐行渐远之后，完成着一次次别无选择的回归，执着不懈地记录着苍茫的青藏母族大地上那亘古不息的欢乐与忧愁，消逝与生长；正是因为在孤独中守望着最本真的信仰，他才以笔为旗，在猎猎风中，引领读者抵达月亮之下，孤绝之地，一起聆听嘛呢石，静静地敲……

夏日断章

一

又一个大晴天。早上 5 点，就被窗玻璃上炫目的亮叫醒。又一场酷热就这么来了，又一个夏天。那乍暖还寒的春天，在沙尘不断的料峭春寒里顽强地开出红红白白的那些花儿们，渐次成了缤纷的记忆。小区的院子里，一地白炽的阳光曝着绿肥红瘦。

不常在网上看东西，但总要去转转朋友们的博客。新近认识的一些人，他们无一例外地写到了一场文学的聚会，他们言辞振奋，心得颇丰。而对于我，十天的旅程仅仅只是出了一次门，近年来频频出门开会、采风中的其中一次。不是没有欣悦，没有触动，但生性疏懒，我没有太多文字给它。

从小就在诗和歌曲里认识的呼伦贝尔，并未在现实的叙事里给我铺展开一片梦中的大草原。葱茏的绿和缤纷的花事，总与人隔着人声嘈杂的距离。鄂尔多斯高原上长风浩荡，河边的芦苇才刚泛青。夜来时，新起的楼群霓虹璀璨。轻薄的富饶是看得见的，面目模糊的现代化是看得见的，然而，在马头琴呜咽的长调中，辽远的星空无尽忧伤着。

然后，是那个美丽的南方城市。满城林木成荫，一树一树的广玉兰开着硕大的洁白花瓣，阳光下弥漫着静美的气息。坐在这样的树下，觉得只打了个盹儿，许多的人生就像散落的花瓣，悄悄飘下来，轻轻吹远了。

总是喜欢水。总是这样无可救药地喜欢有水的地方。蓝天白云下的东海，每一处的奇山秀峰，都像是徐徐展开的斑斓画布。这另一方国土上的水波荡漾，仿若我久别重返的家乡。而在西贡，杜拉斯的文字中那条不朽的河流，终于看到了它真实的模样。遥远故事里的水声，再一次从耳边哗哗地流过，激荡作响。

那个漫长的下午，返程的游轮上播放着一支支流行歌曲。

走出巴颜喀拉

林俊杰的《被风吹过的夏天》是那么应景,歌声像夏天一般明亮,像吹过夏天的风一样舒畅。让人想起那么多年轻的夏天,那些再也回不来的夏天。今天的我,怎么还能拥有这样的夏天?怎么还能奢望让这样的风吹过我的夏天?然而,那一场贴心贴肺的沙漠风,它分明已吹过我的脸颊,掀翻了我的帽子。它已把它的根牢牢扎进了我的心房。我已沐浴着它,走了这么久。在接踵而至的酷热里,我该如何守握这弥足珍贵的清凉?

这一场场远行,我还不能预知它对我的意义。远方太远,"更远的地方,更加孤独 。远方啊,除了遥远,一无所有"。始终处在声音的裹挟中。那些热闹,那些热闹包裹着的相通和隔绝。一些人走了,一些人近了,我想找到自己的声音。那个一直在心中的,纯净的,有力的声音。

今天四节课,最后一节里请学生朗诵作品。总有一些读得很好的同学,让人耳朵里心底里都是舒服。史铁生是我喜爱的作家,他的《我的遥远的清平湾》讲完了,但几天来脑海里不时浮现出那些句子。浮现出他笔下那片大悲大美的土地:陕北。现在是讲散文,《我与地坛》。我的学生,他们都还太小,他们怎能懂得一个经过生死选择的人,十五年来在一个园子里日复一日地沉思?但他们用年轻的嗓子读出了史铁生的声音,我的心里满满都是喜悦。

春天是树尖上的呼喊，夏天是呼喊中的细雨，秋天是细雨中的土地，冬天是干净的土地上的一只孤零的烟斗。

因为这园子，我常感恩于自己的命运。

我甚至现在就能清楚地看见，一旦有一天我不得不长久地离开它，我会怎样想念它，我会怎样想念它并梦见它，我会怎样因为不敢想念它而梦也梦不到它。

因为这一片青葱的读书声，我也感恩于这个早晨我的命运。

二

就这样告别了 6 月。

6 月是毕业季。又一批我的学生，曾在雁苑花季留下无穷憧憬的孩子，要走出校园，真正面对外面的世界了。梦想照亮了他们的脸，一丝丝迷茫掩不去勃勃的朝气和信心。他们有足够的理由相信未来会更美好。而我看着他们的脸，读着他们激情作别的诗句，就像诵读时间之书。我分明看见自己的青春也跻身于他们中间，从另一个这样的青青校园出发，走过鸿志渐去的过程，仿佛已走了太久，却又一步都不曾走过。我像一缕疲惫的歌声，敲打着时间的琴弦质问昨天：为什么长大了没长大不一样？是的，我得承认自己的心情是复杂的。在大学校园里，春夏秋冬永远都是诗歌的季节，热爱文学的孩子就像新雨后的春韭，总是走了一茬又来一茬。每一年送别他们，每一年，撒手将他们交给我的眼睛看不到的他们的未来，久久地，我都走不出这样的心情。我不知道他们会在将后的日子从事一种怎样的职业，我更难预测将要开始的日子会给他们的文学以怎样的支撑。但除了一份真切的爱惜，一份由衷的祝福，我一无所赠。我只能告诉他们，在平常人生中，文学从来都不是一个人的通行证，甚至，有时候，它反而是一种羁绊，一种挡在道路上、扎在心口上的荆棘。这不是文学的过错，这只是时间中的人的无力。只有在有自由有尊严的人生中，文学才能成为心灵的灯塔。只有种好麦谷，让四季的好收成温暖自己，文学长旅才能一路好风好水。

　　我相信他们懂得我的意思。讲台上下，文字之间，纯净宽广的信任照亮着我们。一生为师，我是如此地遭遇着这绵延不绝的相知。孩子们，不管怎样，一切刚刚开始，无限未来等着

夏日断章

你们。趁年轻，请郑重远行。

天气一天天酷热起来，久不见雨水，黄河眼见着变窄了。6月里全国出现持续高温，于是在自己挥汗如雨时，非常地牵念一些远方的人。舟曲。北京。杭州。小陈妹妹在上海，每日那么地忙碌着，她说她最害怕夏天。我想象她在赤日炎炎下的样子，有点焦灼，有点无奈，但怎样的姿势，都是年轻美好的。

6月28日，是我外甥女的结婚喜日。这最小的一个外甥女，也到了嫁人的时候了。因着这个，整整一个6月，我们都是忙碌的、喜悦的。那天，我穿上了好久不穿的藏服，盘了发髻，带了红玛瑙项链、绿松石耳环，盛装出席了婚礼。那是一个让人极其感动的婚礼。原本应该是这样的。自古至今，婚姻的形式在不断地变化着，但婚姻的本质却始终如一：纯粹，美好，尊严，高贵，如相爱的人交给彼此的那颗心。气氛高潮处，在央金兰泽《遇上你是我的缘》的歌声中，我心爱的外甥女被新郎和亲人们深深拥进怀中。那一刻，是那样的温馨、神圣。站在人群中，作为长辈的我止不住热泪长流。我的脑海里，翻江倒海般涌出一幕幕回忆：姐姐生她的夜里，年少的我感受到的那种担忧、那种盼望。落地两天的她，凝聚着全世界所有的精致、柔嫩和脆弱，小小地静静地躺在我怀中，我的泪一滴一滴落在她脸上。一两岁时白白胖胖的脸总爱往我肩上乱蹭的憨相。每年"六一"，我送给她的那些小小的欢乐。第一次出远门时，在陌生的城市，满街乱找给她买到的那件连衣裙……

所有的记忆清晰如昨，那"小姨姨！小姨姨！"声声连心连肺的呼唤声，犹在耳边。而今天，她长大了，变成了一个美丽的新娘，她把自己的手交给了一份天长地久的承诺，交给了一份新的人生。我亲爱的孩子啊，怎样的语言才能穷尽我对你的爱，对你的祝福？

愿你幸福。愿你的幸福永远像今天的喜乐笼罩着我们。

婚礼其实也是一次大聚会，家人和很多亲戚从老家赶来，给我带来了忙碌，也让我再次重温了血浓于水的亲情。这些亲人，他们永远是我身后的那座山，心里的那片海。婚礼上，也见到了很多想见的朋友，他们喜欢我穿藏服的样子。更高兴的是，我把一条洁白的哈达献给了我的老师——一个美好的女人，一份我将珍惜一辈子的感情。

6月，是我们的缘。

三

暑假这么快就要过去了。

曾经，暑假是弥足珍贵的。在整整一学期紧张重复的工作后，在酷热一天比一天势不可挡地卷来时，暑假总是如期而至。它使疲惫倦怠的身心得到休整，在可以晚睡甚至彻夜读书、听歌而不必担心早上起不来床的大放松中，心房里满满氤氲着清凉，幸福指数悄然上升。更重要的是，暑假是年少时的远方之约，是激情的出发，是一个个旧梦新知。

而今，暑假来了也就来了，暑假里的日子和平日几无区别。人到中年，要忙要烦恼的事情总是在每天清晨的枕头上就左右了我。而炎热，似乎是一年比一年更猖獗了啊。

可今年的暑假，还是好的。暑假最好的便是能与老友重聚。丽专程从杭州来。又一个五年不见，她胖了一些，我老了许多。但只要我们相见，相见便是狂欢。我们以十八年前在那所校园手拉手的姿势，徜徉在 36℃ 的高温中。在炎阳炙烤下的黄河边，在慢悠悠地转啊转，把一切都转得天高地远的古老水车下，在人头攒动的一个又一个小吃摊上，我们拍照、嬉戏，纷纷的话语像喷泉四处迸溅着快乐。

然后见了华，娴。如果，曼来，她终于能来，在这个暑假。那么，一切便是完美。

暑假里也回了故乡。从省城到白龙江畔的县城，气候一指指地温润起来。每天薄暮时分，便有雨细细地落下。曾经，多么喜爱故乡的黄昏雨。曾经，在摇摆满园花木的簌簌夜雨声中，沉浸于音乐和青春迷思，舍不得睡去。但如今，这一切被彻底改变了。2008 年 5 月 12 日，从那个天崩地裂的一刻发生后，人们开始有了莫名的恐惧。细雨才打湿了门前台阶，爸爸便频频探头查看天色，夜里会不会发暴雨？会不会泥石流滑坡？会不会又来地震？整整一年了，老人的心里余震不断。故乡小城里，所到之处人们总是讲述着那些曾经历的不平常的日夜，太多让人泪流不绝的人和事蔓延不休，未曾停止。

一直以来，我与这一切离得很近。我知道，作为地震重灾区之一的甘肃，这一年的文学活动和创作异常活跃。震后第一时间，甘肃文坛组织了"诗歌之夜"大型朗诵会。随后，诗人们亲赴灾区，写出了大量的诗歌。从祖国的西南到西北，我们走在伤痛中走在希望中，也仿若走在诗歌的抚慰中。2009 年 5 月 15 日，"5.12 全国抗震救灾文学研讨会"在兰州举行。一年了，所有的感动都到了可以回望、可以总结的时候。

然而，千首诗歌中，没有我的一丝声音。作为写作之人，那么多铺天盖地的激情文字中，竟没有一个字是我走过的"5.12"。我无力自问，整整三百六十五天从春到夏的轮回中，"你这么长久地沉睡到底是为了什么？"

　　还是在去年，地震后十几天，网上曾有这样一张照片：两个农村小孩，一个五六岁的样子，一个更小些，他们靠坐在墙缝斑驳的土屋里，茫然的眼神盯着镜头。照片下的文字说：他们的妈妈已经被地震夺去生命，但孩子们不知道。孩子们正在等妈妈回来做饭。那当然是一幅让人极其心酸的画面。但在那个时候，那也只是一张平常的照片。太多的苦难、泪水、感动已经麻木了神经，许多时候我们只好匆匆一瞥，眼睛又朝别处看。

　　知道那两个孩子是我亲戚的孩子，是在多日以后。家乡的讯息不断传过来，我拿着手机踽踽而行在孤独的黄昏，茫然失语。我立在黄河边，张望疑似四川的方向，张望与四川一山之隔的我家乡小城的方向。我的家乡，在春天里总是漫山遍野弥漫着旖旎的情致。那两个孩子的母亲，那个29岁的我的亲戚家的女人，在天气晴朗的5月12日是去采摘一种叫乌兰头的野菜的。在长期挨饿的年代，乌兰头曾是人的救命菜；在青年男女背着背篓唱着情歌呼朋唤友的田园风光里，乌兰头也是一

走出巴颜喀拉

份浪漫的农业记忆。现在，太多的农民进城打工，留守的人也几乎失去了对手里的庄稼地的热情，山野村头，还会有谁以热切的目光去打探乌兰头在春天的花信呢？除了那些不但分外勤快也还讲究点生活的意思的年轻媳妇。

我的亲戚家的女人就是这样一个人。她中午饭后，去摘野菜，她说她要给孩子们尝点鲜。然而，一阵巨大的山体震荡中，她被滚下来的大石头击伤，她背篓里青葱的野菜顷刻间成了血色。同死的，还有另外一个年轻女人。

她们的孩子，在这一年里该是长大许多了吧？当他们终于明白了这一切，知道妈妈去了哪里，童年是不是就像一件最爱的花衣服，一夜之间遽然变小，再也穿不到身上了？我不能去看他们，我不知道我该去做什么。已经有许多远方的人看过他们了，送给他们玩具、文具盒和漂亮的新书包，用他们听不懂的各种口音安慰他们，告诉他们一定要坚强。我不知道如何面对在选择游戏的年纪偏偏得选择学会坚强的孩子。我只是见到他们的小姨，一年了，哀戚依然锁着她的眉目。她说，孩子们很好。是的，很好，像大家所期望的那样，不哭闹，很坚强。

如何记忆，如何纪念，如何抚慰，如何重建？如何如荷尔德林所说，在神圣之夜走遍大地？如何在伤痛之夜，走过自己？

如何在和平的太阳下，真正地想起那些没有了妈妈的孩子和没有了孩子的妈妈？我知道所有的生灵来到这个世界上必得面对太多的天灾人祸，我也相信生命总是在这样的磨难中成长和升华。但在很长的时间里，我沉溺于太过狭小的经验世界中，常常神思恍惚，泪水总是在不经意间跌落。疼痛的感受是一把无法甩开的碎金，我握着它们。它们有尖利的光芒，但在我凌乱焦躁的思绪里，它们无法结晶成一句恰如其分的表达。

世界以痛吻我，要我回报以歌。泰戈尔说。但我始终唱不出歌。我唯有等待。久久地等待写作的拯救。一种黑夜一般的写作的救赎。

现在，暑假结束，我的眼中依次展开的是城市的喧嚣。今夏最后的热浪扑面而来，仿若要蒸腾尽一切记忆。家乡的雨，那美丽的江城之雨，那让人心悸的黄昏雨啊，又一次成了我的视力不能及的远方。我唯有面对自己的内心，默默地浇水，把疼痛培植成忘却的花朵。

我不愿再怀念，当我如此地沉湎于怀念。只愿接下来秋凉如水，冬有暖炉，接下来又该是一个铺天盖地的春天啊，让我们互道珍重，各自安好。

这一棵开花的树

　　四月的校园里，有一棵开得极美的花树。在它的周围，是美不胜收的红樱花、黄玫瑰，香气馥郁的紫丁香、探春花，树下更有活色生香的牡丹、芍药。走过了漫长的冬季和沙尘不断的春寒料峭，这么一个明媚鲜艳的花季，带给人的欣悦和生机是丰富而真实的。我爱每一瓣花朵，每一种颜色，每一缕芬芳，然而百媚千娇中，我更钟情那一棵花树。不只是喜爱，不只是感动，我对它简直怀着一种难以尽述的崇拜。

　　其实，它比身边的每一种花都更普通，更乡土。它只是一棵高大的看上去已有了年成的梨树。然而，这是怎样壮观的景象啊，大树密密匝匝披着雪也似纷纷的花朵，云蒸霞蔚，汪洋如海。就连最细小的枝丫都被花团锦簇裹住了。一棵树，为一个花季，怎么可以捧出这么美这么多的花朵？

看着这棵树，我油然想起了一首诗。如同树是平常的树，诗也是极通俗的。

我不知道校园里夹着书本来来往往的我的学生们功课之余在读什么样的书，虽然每天在我的课堂上，我总在列着这样那样的一些阅读书目。对现在的学生，我终究是隔膜的。我正在老去，而他们还没真正成长。这就是我们之间的距离。就像我久久地感怀在一棵花树下，而他们三五成群，成双成对无视地从花事烂漫中走过。他们不需要打量花朵，他们不需要怜惜一个季节的美。他们自己就是花季。

他们还没有失去过，还不懂得时光背后的东西。不懂得一朵花的绽放和凋谢。

那几乎是恍如隔世的事了：在我的少女时代，学校里风一般流行着三个台湾女作家的作品，琼瑶的小说，三毛的散文，席慕蓉的诗歌。三毛至今依然是我至爱的作家，她那流浪的橄榄树永远葳蕤在比远方更远的地方，她温柔的声音响彻成长的每一步路上："每个人心中一个梦，每个人心中一亩田，用它来种什么？"是的，尽管，日子日复一日落进了太多的灰尘，

走出巴颜喀拉

但心灵的梦想依然是不可或缺的氧。至于琼瑶，她对我们这一代人的影响是巨大的，她使我们善良、纯洁、执着，坚信世间有生死相许的真情，也使我们神思恍惚，"生活在别处"，常常错过了身边真实的爱情和幸福，或者将一份不相称的情感戏剧化、神圣化，焚心似火地投入。琼瑶有多少建设性，就有多少破坏性。相比三毛和琼瑶，席慕蓉是婉约节制内敛的，但也是很煽情很小资的。她太重复，重复语句，重复意境和情绪。猛一看惊艳，但几本诗集读下来就像听了一首回环往复的抒情慢板。她又太唯美。有人说过，通常在我们不幸的经验里，太美的东西如果不是虚假，就是浮滥。

是这棵树，这棵繁花满枝让人爱到心痛的树，使一首久已遗忘的诗从尘封的记忆深处涌现出来。我这才发现，我一直以为只是清丽只是唯美的席慕蓉的诗，表现情之至境时却有着如此深刻的痛楚和了然的洞彻。"如何让你遇见我，/在我最美丽的时候/为这我已在佛前求了五百年/求佛让我们结一段尘缘/佛于是把我变成一棵树/长在你必经的路旁"——这是《一棵开花的树》。这是一棵等待尘缘的树，一棵佛心点化、等待正果的树。"阳光下慎重地开满了花朵，朵朵都是五百年的夙愿。"求了五百年，等了五百年，五百年为一劫数，五百年为一转世。

终于等到了这相遇的一刻，那花该有怎样的形状，怎样的颜色，怎样的美丽才能担当起五百年的祈盼？

而怎样的花，终究都是要凋落的。

而最美丽的花，往往等不到相遇就凋落了。

曾经喜爱过这首诗，是因为我自小就是特别爱花的人。我喜欢春夏秋冬每一个季节的每一样花。我每到什么地方，最先注意的不是街上有怎样炫目的建筑，怎样靓丽的橱窗，怎样热闹的景观，而总是忙忙地去看道路旁的植物。那些挂着柿子啊、红枣啊、龙眼啊、槟榔啊的果树让我倍感亲切，那些高大的枝叶婆娑的绿树让我心旷神怡，而那些繁花满枝的树总是让我莫名地陷入感动。我常常因为花草树木的原因在第一时间爱上一个陌生的地方。自然之美，对我始终是一种难以抵挡的蛊惑力。但今天，当这首久违了的诗像和煦的风徐徐掠过我的心，掠过绚烂的枝头时，我第一次懂得，原来美丽包裹着的是真正难以触碰、难以言说的疼痛。这份痛不问花事，无关风月，却一样刻骨。原来，伤春永远都不会是少年情怀。娇慵甜美的少女李清照吟诵"知否知否，应是绿肥红瘦"时，不过是"为赋新词强说愁"，只有当她活到了"冷冷清清凄凄惨惨戚戚"的境地，她才能懂得残红无数的大美大痛。"肠断魂销，看却春还去""春归何处，寂寞无行路""惜春长怕花开早""林花谢了春红，太匆匆"，多少伤逝之诗章，但我们自己正值花季正当盛开时，又能感悟多少？只有美少女颦儿是从骨子里懂花惜春的人，她用泪用心祭奠着"一朝春尽红颜老"的花儿，最终让自己的生命伴随花之精灵们"质本洁来还洁去"了。

而我，今日的我，在终于长大了之后，在有了中年的沧桑和失落后，才真正懂得了这首诗和这棵树。却原来，一朵花，一棵树，一场花事，对我们诉说的其实永远只是时间，只是光阴的故事。可行色匆匆的我们，何曾在生命的某一刻心凝神动聆听花开的声音？成长，总是太过草率而仓促，在我来时的懵懂路上，在那些目迷五色来不及辨别的风景中，可曾也有过一棵等我五百年的树？我在哪里错过了那繁花满枝？我是怎样地辜负了那只属于我的花季？在我的生命中，我可曾为了谁苦苦地盼一份尘缘，可曾为了谁慎重地开满一树的花朵？而当那份缘终于无缘地走过，我是怎样惨烈地凋谢了我用全部的青春血色染就的美丽，花落的声音是怎样地震裂了我的心脏？啊，那一生只开一次的花季里，我在等谁，谁在等着我？谁在爱我，我在爱着谁？

芬芳的花，是年年要开的。锦绣的春，是年年要来的。而人，谁又能两次涉过同一条河流呢？席慕蓉是懂得的，透过这首美丽凄清的诗，她再次告谓我们生活中无处不在的亏欠：那些"求之不得"，那些"事与愿违"。她悄然说出了那么多的心灵正在走过的疼痛：那些花儿，开了也就开了，世间有多少花，能等到想要的结果呢？

这棵树，这棵我爱着的花树现在正是盛放之时，没有一片绿叶，只有梨花花瓣重重叠叠如粉如雪，铺天盖地，气象盛大。然而，一棵树，立在黑暗的苍穹下，立在心的荒漠中，它究竟太小了，承担不了太多的爱情和忧伤。它经过了旷古的等待，属于花朵的时光却是这么短暂，如同一个人一生中的好日子。当我徜徉在花团锦簇下，我总是无法遏止地想到这个，我无法抵挡时间的洪流对我的席卷，无法抵挡这来自生命深处的宿命的忧伤。"花谢花飞花满天"的苍凉之境从四面笼着我。但杂沓的脚步此起彼伏，动荡着我的思绪，四月的校园是属于青春的。花开正好，芳香馥郁，花下是年轻的面容，花也似姣好的颜色，风一样恣意的身影。这样的时光，怎能不让人深深沉醉，不让人潸然泪下？一路走来，挥别了多少次花开花落，经历了多少场聚聚散散，但花季之后还是花季，生命总是在不断地受伤、不断地失去后走向丰盈壮大，邂逅又一轮的感动和重逢。

年轻时喜欢的一首歌里唱：真心的花才开，你不要这样离开。如今我才开始懂得，在一棵开花的树下，没有人可以这样离开。没有人可以两手空空地离开。我唯有对着这一棵开花的树，对着一场美丽沧桑的花季，悄悄诉说我感恩的心：一切美丽，皆是善缘。一切开放，从来不是为了飘零。

蓦然回首，繁华落尽，时间的枝头已萌发出新的结果。是的，就这么走下去，也许有一天，我们不再需要等待春天，我们的生命已静静地长成了一座花开鸟鸣的大花园。

小病小记

一种简单到无可比拟的疼，让 2009 年最后的冬天深刻得像一条走不出去的黑洞。

终于，在 2010 年的元旦，我躺到了医院的病床上。

我没想到会是这样——学院要在那天举行大型的新年活动，吃饭、唱歌、跳舞、棋牌。接下来的几天，已约好了和许多新朋旧友一起聚会。同在一个不很大的城市，见面却往往借着节日的名义，多么不易。所以，本来我是打算要好好去唱他个天昏地暗的，本来我是要欢欣鼓舞的。我特别开心 2009 年的结束。2009 年，于我是很不平常的一年。发生了很多事，成长了自己，但更在看不见的深处损坏着自己。我一直在心里对自己说，坚持，坚持！到明年就好了，过了 2009 年，一切就都好了。

就是这样，当那些疼在我的身体里伺机而动，蠢蠢欲动着最后的全线出击时，我却竟然还以为生活中的许多节目是可以提前计划的，安排的。

那些疼是一下子冒出来的。那些尖锐的刺疼，那些沉闷的钝疼，那些无力用语言准确描述的疼，它们形态各异，难以穷尽，却有着一样心狠手辣的面孔。它们一阵一阵地，一截一截地，生出来，长出来，它们让我好端端的日子突然断成了一节一节的黑隧道。从这一节跌跌撞撞地冲出去，不多时又摔进了下一节。一样的黑，一样的看不到出口。但分明，一节比一节更黑，更长。

这么多的疼，真不知道它们先前待在什么地方。2009 年最寒冷的天气里，它们像一群听话的孩子按时集合在开学的第一天，像突然间葳蕤的荆棘，齐刷刷横到了我的面前。毋庸置疑地，来势凶猛地，俘获了来不及做一点抵抗姿态的我的身体。

是的，就是这样，当 2009 年终于过去，新的一年翩然而至时，我没能在 KTV 高歌低吟辞旧迎新，却走进了医院，成为一个代号叫"10 床"的患者。我失掉了姓名和任何一种在平日把我和他人区别开来的身份，我的手腕上24小时都系着一个写有醒目的"10"的红塑料手环。医生、护士或者清洁工无论谁喊一声"10床"，我和我的家属就会应声而起，唯唯诺诺。

其实，真的只是一个不大的手术，只是把结石的胆囊切下来，从腹腔里拿出来而已。不过，医生说，你的情况稍稍有点麻烦，就是得先把胆囊从粘连的胃壁上剥离下来。但怎么说，也不是传统的开刀剖腹了，据说只是在肚子上打三个洞。而且，朋友找好了熟识的医生做手术。在医院，有一个穿白大褂的熟人，就像给病人吃了定心丸，就像病已经好了一半似的。所以，我很豪迈地对每一个见面和打电话来的人笑着说，有什么呀，不就是一个小手术！

只是，还是有一点点担心。那天，丈夫被叫到医生办公室签字，主管医生和他的谈话足足有四十分钟，其间我进去一趟，丈夫面前摊开着手术同意书，整整两大页，密密麻麻地罗列着手术中可能出现的各种不测。那个年轻的小贾医生好脾气地对我说：这个手术同意书是家属签字的，所以谈话你也就回避一下吧。于是，我退出来。医办门口，呆呆地站着我忐忑不安又强作镇定的父亲，我的81岁的父亲。他帽檐下掩不住的白发，他几天来陡然憔悴的皱纹，让我生出了深深的歉疚。因着这歉

走出巴颜喀拉

疚，我开始隐隐地担心，如果手术出现意外，如果我被推进手术室后不再出来，或者手术失败，摊开在我丈夫面前的同意书上那密密麻麻的各种可能中的某一项"万一"成为可能，那么，我的父母，我的孩子，他们将如何面对？而我将因为怎样深重的再也难以弥补的歉疚而死不瞑目？

于是，开始敏感，并且脆弱。例行术前检查时，透视室的医生自己精神高度地不集中，却对病人颐指气使，无比粗暴。住院部一个俨然护士长模样的中年女人，足足抽了我六管血，抽第五管时,血出来得很慢，她说了一句"来回活动,来回活动"什么的，语焉不详，我来不及反应，结果她很大声地、恼火地斥责我：你听不懂我的话是不是，叫你来回活动手指，你怎么像死人一样？哦，原来是让活动手指，可明明前一分钟她不是让我紧攥拳头吗？

第六管血终于抽够的那一刻，我转过身，悄悄地抹去了委屈的泪水。泪水来得恰逢其时，它噎住了我将要脱口而出的反抗。我不是个太软弱的人，也不是个太大肚量的人，但为什么，在这位仿佛从来不会微笑的白衣天使面前，我无师自通地学会了敢怒不敢言，学会了在人屋檐下不得不低头。

就是这样的感觉。自己的身体，自己的疼痛，自己的钱——

人家的屋檐。

手术前夜，女儿放学后来到病房。她像以往跟着我去医院探视病人一样，先是在医院过道里好奇地东张西望，然后回病房给我讲她看到的情景。说完了，她开始安静地看电视。平时，她看电视的时间总是那么少。该走了，她把恋恋不舍的目光从屏幕上收回，跟着舅舅离去。我送他们到楼梯口，她和每天上学前一样喊了声：妈妈再见！她那么平常，那么轻松地说"妈妈再见"，然后再没回一次头看我一眼。

我呆立在那一刻，看着我的孩子消失在我的视线里。然而，她一步一步，更重更沉地走回到了我的心里。那一阵静默的心碎。那一刻难以安放的孤独。我的才11岁就长成160厘米高的女儿，她远去的背影在我的泪眼里走成了不忍面对的弱小和孤单。孩子啊，多么愿意你就这样无忧无虑地走下去，没心没肺地一路走下去。没有什么不舍但必舍的眷恋，让你回头。多么愿意，你小小的世界里，只有再见，没有离别。

那天上午9点30分，几个护士在病房门口齐声喊：10床！10床出来！于是，出去，躺到了蓝绿色的手术床上。床被几个戴着同样蓝绿色手术帽和大口罩的护士推着，推得飞快，大嫂一路小跑，追着被推得越来越远的我，左转，右转，再左转，进电梯，上升，然后再左转，右转，终于到了手术室门口，手术床一路"哐哐哐"的轰鸣声才停息下来，又一个"大口罩"向我俯下身说：我是你的麻醉医生，你的家属需要在麻醉协议上签字。于是，丈夫跟着她进了一间屋子，大嫂在我耳边说：小妹，不要害怕。我回答她：不害怕。

其实，真的是不害怕。这样的情景，我已经不是第一次经历了。十一年前，我剖宫产生下了我的女儿。那是个下午，在我被推进手术室的那一刻，姐姐冲过来，哭着喊我的乳名，哭着喊不要害怕，我也是回答：不害怕，没害怕。

但毕竟，这和十一年前还是不太一样。十一年前，我没有被这样令人眩晕的速度推来推去；十一年前，我的父母还没有老到如此不堪，让人泪目；更重要的是，十一年前，恐惧和难过只是眼前一抹小小的阴影，而欢喜是无穷大。我坚信当我被推出手术室时，我的怀里将依偎着一个花骨朵般娇嫩美好的新生命。为了这个，再蚀心锥骨的疼痛，我都可以战胜，再幽深无边的黑暗，我都可以穿越。

终于进了手术室，我被指引着从一路推来的床上下来，又躺到了另一辆窄窄的被四面机械包围着的床上，这才是真正的手术床了。我仰面直直地躺下，我的脚露在被单外面，右脚开始又麻又痛。我对一个近前的护士小心翼翼地说：医生，不好意思，麻烦你盖一下我的右脚好吗？我的右脚不能着凉。她说：好的，我给你盖上，两只脚都盖上。

我看见了主管的贾医生，主刀的米主任，他们已全副穿戴，保持着双手平举在胸前的姿势。我看了一下墙上的时间，10点15分，我想这就要开始了，但突然看到一个高个子的医生从外面疾步走到米主任面前，说了一句什么，又出去了。然后米主任就对大家说：刚才消毒失败了，得重新消毒。他的话引起了年轻医生护士一片夸张的唏嘘声，几个人同时喊：崩溃啊，重新消毒得40分钟呢！今天又不能按时下班了。

我空空地躺着，腰开始酸困。知道40分钟后才会开始手术，我心里一阵比一阵焦灼，我这里什么都没做，而我的家人守在手术室门口，延长40分钟，对他们分分秒秒的等待意味着什么？于是，我再次提出要求，我对麻醉师说：麻烦您去告诉我家属一声，就说手术还没开始，让他们不要着急。她说：没问题，我去说。然后就出去了。两次求助，她们都答应得这么痛快，而且语气温和，我简直受宠若惊，心里暗暗感激。

大家都闲闲的，两个护士在热议王府井百货的新年打折活动，然后又争哪个女明星更漂亮，贾医生和麻醉师在痛斥医院年终奖金发放的不合理，愤怒过后又感慨晚报披露的邻近一家医院做普通阑尾手术做出高额住院费的事。高高低低的说话声中，米主任走近我，俯下身又问了一遍我被许多人问过的话题：紧张吗？害怕吗？我回答：不紧张，不害怕。他说：那就好，我就看着你的心理素质挺不错嘛！他开始和我聊天，孩子上学啊，单位福利如何啊，等等，又问我你在大学里教什么课？我没有心情细细回答，就说教的文学。他很大声地说：那好啊！文学有意思啊！我不知如何回应他的热情，此情此景中，说出"文学"这个词，有一种特别怪诞的感觉。我全身僵硬地躺在强光的直射下，躺在四面器械刀一般的包围中，觉得他嘴里吐出的"文学"这个词以及和这个词有关的一切，离我是那么遥远，那么不真实。我所能掌握的那个世界离我已恍如隔世。

墙上的电子钟指向 10 点 50 分，麻醉师说，现在开始！于是，我的手上脚上便都扎上了针，只一瞬，我便跌进了深深的昏睡……

三天后，最难挨的一切终于都已过去，输完不多的几瓶点滴，我遵照医嘱，开始捂着肚子在小小的病房绕床走来走去。最初，脚步是飘的，身子很重头很晕，米主任说那是因为我术前术后都不好好吃饭的缘故。于是，开始好好吃饭，但好好吃饭又能吃什么呢？无非就是喝稀饭罢了。几天的稀饭后，从医院食堂买来的西红柿菠菜小面红是红，绿是绿，它简直风情万种、活色生香，带着我才远离不多日便恍若隔世的热腾腾的尘俗日子的记忆向我走来，强大的气息顷刻间裹挟了我。啊，幸福，它其实就是想吃点儿酸菜就吃点儿酸菜，想喝点儿辣汤就喝点儿辣汤的日子！幸福，它其实就是一碗暖心暖胃的兰州牛肉面，就是一锅让你酣畅淋漓的重庆麻辣火锅——我何时丢掉了这曾经太过挥霍的幸福！

走出巴颜喀拉

我向朋友诉苦说，没有辣椒的饭菜无异于嚼蜡。他们笑我：你呀，嗜辣如命，就是吃火锅吃坏了你，现在都变成无胆女人了，还不觉悟！

医院的日子，是难以将息的漫长。天总不见黑，黑了又苦等不到亮。但一旦亮了后总是热闹非凡，从七点半，过道里便响着杂沓的脚步声，太过纷乱喧哗的人声。探视病人的，预约住院的，托熟人找医生的，拿着手机大声说话，说着说着又哭又骂的。隔着一扇门，这一切仔仔细细地落进了我的耳朵。我以为自己会对这样仿若身处闹市的住院环境不堪其烦，然而几天过去了，这些喧闹在我的感觉中竟变得越来越亲切熨帖，过道里打电话的那些家属，我单听他们的声音就知道他们今天的心情；"哐哐哐"的车子推动声传来，我隔老远就知道哪个声音发自餐车，而哪个是让人心惊肉跳的手术床。

每天，都有一些人自己从病房走出去躺到手术床上，然后一两个小时后被人从手术床上抬着回到病房。为什么，有这么多人，都在沉沉的无知觉的黑暗中被切开胸腹，被切去被摘除了身上的某一个器官？为什么这么多在大街上看上去那么不相同不相干的人，却在这个逼仄的空间里走进了一样的遭遇？

晚饭后，一切脚步声人声都渐渐退去，医院里开始复归应有的静穆。我慢慢从病房踱到过道里，我捧着自己的伤口小心翼翼地迈出步子，每往前一步，都感觉自己离信心又近了一步。感受着如此单纯的满足，我在心里不禁暗暗笑自己。这时候，从各个病房里探头探脑出来和我一样的术后病人，他们有的让陪护搀托着，有的已能很自如地迈动步子，但无论怎样，每个人都用手小心地捧着自己的肚子，好像那是一块一不小心就会破碎的器皿，好像那不是自己的身体，而是失而复得的身外之宝……

啊，这些黄昏，这些夜晚，这些在医院过道昏暗的夜灯下蹒跚学步的病友，这些擦肩而过同病相怜的人们，我怎么看着他们就像看见了遗失在人潮人海中已很久很远的亲人？

如此简单，如此自然，病痛就这样让人拥有了感知世界的第三只眼。

每日都有朋友和单位同事前来看我，他们安慰我说：你就当在医院体验生活，这些观察说不定就能在下一部小说派上用场呢！我说，还说什么小说、文学呢，哪能想到这茬！就连单位的那些事，甚至包括你们，现在都离我特别遥远。你们信吗？我现在想的就是多睡、多活动、多进餐，还有好好表现，让护士表扬"10床"，我最盼望的就是每天米主任和贾医生能来看我呢！我的回答引得大家都笑了，他们当然不信，他们不懂我的话是多么真心的话。人只有自己走进这个情境，才会清楚什么是重要的。什么是必须的。什么是真的可以不必在乎的。

他们又说：你以后写小说，就让你的人物得和你一样的病，做一样的手术，这样感受会写得很真切。我怔怔地，那些术前的疼和术后的疼，突然随着他们的话语向我袭来，再一次电流般击穿了我的身体。好一会儿，我才回过神来，岔开这个话题，笑着说其他种种。我在心里对自己说：不！我创造的人物我决不让他们的身体遭到破损，我一定要让他们健康地、完整地活着，有尊严地活着。在冰冷的机器前，在比冰冷的机器更冰冷的医护的目光里，哆哆嗦嗦地揭去最后一件衣衫的那种滋味，我永远也不要他们去尝。

就算让他们的心灵经历磨难，甚或破碎，都绝不伤害他们的身体。因为，一个把自己的身体交给别人主宰的人，才是真正无助的人。

一个人，要经历多少难以尽述的身体的被戕害，要走过多少噩梦一般的隧道，才能懂得，当我们谈论病痛时，我们在谈论什么。才会真正知道：肉体很重，痛苦很轻。

术后第七天，我顺利出院。早晨在我办理出院手续时，另一个人迫不及待地住进了我的病房，成为又一个"10床"。我把朋友为迎接我出院送来的馨香四溢的香水百合，连同怜惜一起留给了他。我无言的善意成就着自己的好心情，我觉得我已安全上岸，而这个"10床"他才把一只脚探进了明暗叵测的河流里。我的伤口，还在身体的三个部位正新鲜地愈合着，远未长成疤的模样，而我已开始遗忘那些疼了。

回家的路上，车窗外是一样的风景，交通依旧堵塞，人流依旧匆匆，公交车上的人们前胸贴后背地挤在一起，却又冷漠得像中间隔着铁的空气。我望着他们，心平气和地叹气。我的城市已度过了一年之中最冷的坏天气，滨河大道上的月季花，确乎是比上个月开得更艳了。

那时候，我以为我懂得了许多。但我不会知道，另一种疼也开始启程，正在走向我的生命。2010年，有更大的疼，不能启齿的狰狞的疼，等着我去遭遇，去完成。在2010年，容颜比最后的心事凋落得更迅疾，更轻盈，更彻底。

远方的幸福，是多少痛苦

母亲呆呆地盯着四个儿女，像盯着一屋子的空虚。无穷大的，再也无法填补的空虚。

她盯着他们四个之外的另一个地方。她习惯了她曾经是，一直是——五个儿女的母亲。现在，他们五个，突然就变成了四个。

她哭过了，闹过了。现在她安静下来。她知道她逃不过自己的命运，她不再无谓地挣扎。她受困于仅剩的安慰中，看着自己迅疾地走向衰老和败落。

是的，就是这样。我的母亲，在得知我大姐死讯的那几天里，就那么眼睁睁地看着老掉了。老得如此彻底，如此不堪。起初，她一心求死，她决意不想再面对自己的命运。死，是她对老天爷的最后抗争，也是全盘认输。可她不能。她便活下来。赌气似的让自己遽然老去。在七十五岁的年龄上终于老去，形同槁木死灰。原来，一个隐忍地走过漫长一生的女人，在快到尽头时却可以这样地放纵自己，让繁花满枝在一夜间全部凋谢，零落成泥。

怎样的语言才能尽述母亲这样的女人的一生？她曾经也有过爱情也有过梦想的青春，她那些个小小的无法实现无法忘怀的愿望，她搂在怀里贴在胸口但眼睁睁看着逝去的儿女，她一辈子哭不出声的泪水，一辈子的爱和坚持，以及最后的放手。这一切，我怎能一一地说给自己听？多少日子了，我逃避着，假装遗忘着，坚强着。然而，泪水和疼痛总是在一个个毫无预料的时刻侵袭到我的血脉深处。我疼啊，妈妈！除了你，我还能向谁诉说？这个世界上，还能有谁的手轻轻抹去我的泪水，抚过我的伤口，像你的手？

如果母亲老了，我怎么办？如果母亲没有了，我怎么办？这是曾紧紧缠绕在我的整个童年的一个死结。母亲生我时已近四十岁，已经生育了六个孩子，其中一儿一女长到三五岁后不幸夭折。也许孕育我、哺养我耗尽了多灾多病的母亲最后的心力，等把我拉扯到四五岁时，病魔已牢牢控制了她。她常常在庄稼地里痛得昏死过去，在出工时一头栽倒在生产队的粪堆上。因为她，我从小就成了一个与众不同的人。母亲们出工了，还没上学的孩子们在村里四处游荡疯玩。天黑了，玩不动了，许多孩子咧开嘴就哭喊："妈妈，饿了！我饿了，快回来做饭，妈妈……"而我蜷缩在自家大门口，悄悄地等母亲回家。我至今清楚地记得那种等待的滋味。那种把五岁孩子等老了的滋味。我感觉不到饿，我忧心如焚。我害怕病痛又把母亲放倒在什么沟壑田边，我害怕看见母亲被人架在胳膊上、背在背上回家的情景。时间一分一秒地过去，终于我看见母亲站在我的面前，她疲惫的脸上为我绽开了笑，那是天堂一般美好的笑啊！我跳起来，嘴里大声唱着自己乱编的歌，跑前跑后地帮母亲抱柴火、舀水、洗菜，母亲做的饭是那么好吃，我是那么快乐，像过年一样快乐。等吃完饭洗了锅喂了猪烙了明天吃的馍馍，母亲才得空抱着我说会儿话。她常夸我说："我的宝贝小女儿咧，全村娃娃都哭着喊饿，我们在地里急得心都要烧焦了。就你不哭不闹，这么乖，多给妈妈争面子！你比村里所有的娃娃都乖，比你的哥哥姐姐都懂事。"母亲的声音是那么好听，我总是用小手紧紧搂着母亲把脸贴到她温暖的胸口。我从来没告诉过母亲我的揪心和恐惧，没告诉母亲，其实我是多么羡慕那些饿了、渴了、摔疼了就张口哭着喊妈妈的孩子们啊，他们的哭声那么嘹亮从容，无所顾忌，而被他们的哭喊声叫回来的妈妈似乎永远都是那么的年轻、健壮。

在许多个夜里，我在熟睡中被吵闹声惊醒。母亲的病又犯了。她被邻居阿姨阿婆们围着靠在炕的那一角。有人在掐捏她，有人往她的嘴里灌水，有人忙着去找村西头的赤脚医生和守磨坊的我的姨妈、姨夫。那时候，我总是不敢哭、不敢喊、不敢去摇母亲的胳膊。我靠在墙角，牙齿打战，全身发抖，心跳得好像要从胸腔里蹦出来。屋里很暗，昏黄的煤油灯光摇曳着，将许多忙乱的身影投射在墙上。那些无限放大的黑影以一种铺天盖地的狰狞张牙舞爪地扑向我，压迫着我。我惊恐地看着那一切，我的恐惧也在无限放大着。我曾在母亲不舒服的晚上，一连三四次从梦中惊醒，一骨碌爬起来贴着耳去听她的呼吸。我曾在母亲发病的凌晨两三点，来不及穿鞋光着一双小脚丫，穿过三九天结满冰溜的石板路满村子去喊我的亲戚们。午夜的村庄哑寂无声、鬼影幢幢，平时走惯的路在那样的夜里显得那么漫长，好像一辈子都走不完。我是多么害怕啊，那么多熟悉的鬼怪故事从脑海中、从街角的黑暗处、从四面八方青面獠牙地向我走来，我几乎要窒息，但我绝不能回头绝不能停步……

在人生的童年之夜，经历了无数次那样的惊惧和绝望之后，我的一生从此再没有过安稳的睡眠。

时隔三十年了，至今回想起那个小小的自己，我还是止不住流泪。千万个不忍，不忍。可有什么办法呢？那时候，大姐已嫁了人，大哥在省城当兵，二姐和二哥在县城上学，而父亲在远离我们的地方正投身于农业生产和阶级斗争的狂潮，连过年都回不了家。除了二姐和二哥的寒暑假，一年四季，老家那两层五间瓦房里，那偌大的院落里，只住着母亲和学龄前的我。

感谢父亲，他终于在我六岁时接走了我和母亲。我开始在城镇上学，母亲也从此脱离了农业户口和繁重的劳动。她被查出患有严重的肝病、胃病，开始接受正规的治疗，并且做了胆囊手术。我们天天往医院跑，家里常年弥漫着中草药的味道。慢慢母亲不再犯病了。父亲对我说："咱俩的任务就是让你妈好起来！不能给你妈装气，不能让你妈干活。"我是多么感谢那个时候的父亲啊，他说的话我至今句句都记在心里。我从来不像别的孩子一样瞎闹淘气，我知道家里的活应该抢着干，家里好吃的都是给母亲养病的，自己绝对不能馋。

我的哥哥姐姐们也许羡慕我是父母最小的孩子，我享受了父母更多的宠爱。但他们不知道我的童年苦难，那些走不出来的孤独。我从来没把那些不堪回首的恐怖之夜讲给我的哥哥姐姐们听过。从小到大，我习惯了自己忍着。从小到大，在我的潜意识里总认定父亲是我们兄妹五个人的父亲，而母亲只是我一个人的。那些记忆太强大了，年深月久，它们已深入到我的血液里，成为我生命的一部分。我永远忘不了母亲发病的那些夜晚，她好像快要不行了，她的身体已经瘫软，已经僵直，生命正在离她而去，但她的眼睛却放射着无穷的热力，直勾勾地盯着我。我知道她是放不下我，放心不下我啊。每次都是这样，这样的生离死别，每次都是只有我一个人在母亲身边。这样的时候我知道我是母亲活下去的唯一念想，我唯有用我的小手紧攥住她的手，不肯放松。我忘不了有一次我弄坏了大姐的什么心爱物件，她很凶地骂我："妈的病都是你害的，妈要是死了，你就完蛋了，你高兴不了几天了！"我忘不了大我九岁的二哥把我背在背上，用那么严肃的口气对我说："你不要害怕。妈要不在了，我就养活你。一辈子都养活你。"

事情就是这样，他们都可以没有母亲，就我不行。我如果没有了母亲，我就再也不会有高兴的日子了，我就要受罪，就没人养活，就长不大了。

感谢上天对我的恩赐，病魔最终没能摧垮我的母亲。经过长期治疗，从我上高中开始，母亲渐渐地成了一个健康人。她操每一个儿女的心，做一大家子人的饭，拉扯孙儿孙女。我自此彻底地告别了孤儿的噩梦，一天天地快乐起来。我开始对母亲顶嘴，和她怄气，不再时时处处照顾她，不用担心她会倒下去。我的母亲，终于和别人的母亲一样了。我在这种迟来的幸福中安然地享受着母亲给予我的一切，走过了考大学、参加工作、结婚、生子这些重大事件。我已不年轻，但我还是如此贪恋母亲的温暖，贪恋在母亲身边做小女儿的分分秒秒。当我抱着孩子挽着母亲走在阳光下，我的心里是满溢的幸福和感恩。我以为这样强大坚韧的生命之链没有一种力量可以击破。我以为最坏的都已经过去了，生命中，再不会有什么疼痛让我在梦中哭不出声，再不会有什么恨事让我的母亲死不瞑目。

可造化是多么捉弄人啊，一眨眼间，只是一眨眼间，我的大姐没有了。母亲的大女儿没有了。在七十五岁高龄，母亲终于没能逃得过置她于死地的劫难。白发哭黑发，情何以堪？我的母亲，她在一夜间让自己的心先死去了。一夜间，她猝然老去，老得不可收拾，像灵魂已逝的一具躯壳。

没有言语可以形容这样一种心痛。手足之情，比你已知的预料的还要重千斤。夜夜噩梦，大姐微笑着唤我的乳名。好像她从未离去，好像她下定决心从此只以温柔对待不懂事的幼妹。刻骨相思，我的世界陷入了无边的空虚和黑暗中。但母亲怎么办？每一次的撕心裂肺中，总是第一个先想到母亲。想到母亲的痛苦和绝望，才惊觉到，也许没有什么力量能让母亲再继续以往的日子了。而我告别了二十多年的童年噩梦，像魔鬼一样再一次从天而降，再一次真真切切地回到了我的生命中。妈妈啊，没有人比你更苦更痛，但你一定要挺住。你若放弃，你若倒下，我怎么办？

而我能说什么能做什么？当一个女人历尽世事艰辛和病痛折磨，顽强求生一辈子，终于有一天她缴枪投降不再挣扎，那么还有什么力量能使她的眼睛重新燃烧起来？当一个母亲长长一生不断地痛失我爱，她痛哭过，悲号过，呼天抢地过，到如今再没有一滴泪水滋润她枯干的心灵，那么还有什么语言可以劝慰她？她坐在那里，明明是半截身子已进了黄土，却没有一双天使的翅膀引领她的灵魂升上天堂。炼狱之火啊，正在炙烤着我母亲残存的生命。而我只能在深夜里才放声痛哭，在深夜里，从此生此世再也无法走出的童年噩梦中，一次次惊醒过来。

这样的黑夜。这样的白天。这样的日子，我一个人到底走了多久？城市里，开着无边无际的花，太多的车太挤的气流使我晕眩，使我眩晕的还有自身的内部——那里被剜去了最疼痛的一块拥有，怎样的继续也无法修补的血肉剥离。我一天天地让自己明白：其实母亲还在，而我们兄弟姐妹是少了一个了。我们五个人就这样突然间变成了四个人。我也终于明白，就算剩下四个人，我们也都活在各自的命运中，我只能在自己的夜里痛着、醒着。兄弟姐妹是天上的雪花，纠结着，依恋着，缠绕着，它们不愿分开、不愿落下，就是落下来化成雪水，也想要努力地流到一起成为一股。可它们毕竟被尘世弄脏了。它们再也回不到在天上相亲相爱地跳舞的样子了。

怎样的绝望，我叫不出它的名字。

而母亲径自衰老着，荒芜着。不说什么。一生，她都习惯了不说什么，一味地克己让人。在娘家做闺女时，她是六个弟妹的长姐，父母的帮手。十九岁嫁了人，丈夫便是她终生的家长。她年轻时失去了一儿一女，但终于拉扯大了我们五个。我们五个人后来又有了十个孩子，十个孩子，谁不是在母亲时时刻刻的呵护中一步步成人的，谁不是理直气壮地吃母亲做的饭菜长大的？没有语言可以穷尽我母亲付出的心力，没有时间可以泯灭这样一种恩情。但人又是多么健忘啊！我常常无端地憎恨自己，在那样苦难的时代，是我的出生拖垮了已不年轻的母亲。我也曾想过若不是哥哥姐姐的这些孩子，母亲也许会更健康硬朗一点，更悠闲享受一点。我是多么褊狭多么无知啊。我至今才明白，我们五个，他们十个，为我们五个和他们十个所付出的一切，才是母亲赖以生活的动力和源泉。爱，是唯一的支撑，唯一的救赎。她这样一个女人，我们就是她全部的自我，整个的世界。

而今，这个世界因缺了一角而摇摇欲坠了，而面临着坍塌。我的母亲，人事坎坷未能吓怕，病魔死神面前不曾屈服的母亲，终于在爱的大痛失中关上了她的心扉。她不再坚持。爱比死残酷，她已难以坚持。七十五岁了，她依然学不会坚强，学不会麻木，学不会接受命运。她是白白地经历了一世风雨啊，我天真糊涂的母亲！可我怎么办？当你如此自弃、弃我，仿若生命已是一堆苦寒的废墟，当你的双眼空茫如两只沙漏，只是计算着剩下的时间，我怎么办？我要怎样，才能承受你的不存在？承受你不存在后的我的存在？

今夜的月亮，比我五岁那个夜里的月亮，比我梦里的无数个童年之月都要大得多，圆得多。而黑暗是一样的。成长是一样的。远离母亲的时间里，我一个人离开此岸，便也失去了彼岸。

走出巴颜喀拉

寒风吹彻，就连梦都是凛冽的，但我依然期待着另一种梦境的降临，我依然想流下那些清晨般尚未爱过恨过的泪水。我的哥哥姐姐们啊，把我抱回到童年的炕上吧。让我趴在红窗花的窗子上，安心地守护你们给我的福分。让我看咱们年轻的妈妈在花椒树下割着新韭的身影。阳光下，她的白麻织布长衫是那么的白，像多年后她猎猎的白发，像突遭心灵之戕害的简单的一生。

窗外，看不见一丝雪花飞扬。在我孤独狂乱的想象之外，在她自己命定的冬天里，母亲歪在老藤椅上打着盹儿。我知道，这远方一天一天熬下去的她的时间，依旧是我的福祉。一样的月光，不一样的母亲。风推开院门，她捶捶风湿痛的双腿，站起来往火炉里添了几块煤进去，自己对自己说：明儿个不知出不出太阳呢。

明天，会出太阳吗？

风从海上来

在巨大的感动面前，人会莫名地陷入失语的境地。

原本，那些繁复精妙的修辞，那些重峦叠嶂活色生香的词语，是盘踞在你脑海中的，像一枚枚整装待发的箭镞，随时准备捕捉那些需要被命名的事物，那些等待被描述的生活。但突然间，它们毫无预兆地遁形，一哄而散，了无踪影。没有了语词的屏障，你会感到自己被一件件褪离了夸饰的虚浮的包裹，一层层袒露出原初的混沌，本真的澄净。遍顾四野，天地浩渺，无所栖倚，但你分明感到了抚慰之手停在脸颊的温热。

是的，正是这样——当我立在"三沙一号"的甲板上，当比辽阔更辽阔的大海涌向我的眼睛，当比激荡更激荡的大风吹起我的头发，当比孤独更孤独的风景靠近我的足迹，我突然遭遇了一种突如其来的掳掠。我已经两手空空，但在那一刻，我再次失去了仅有的言语。我惶恐难言，只能久久地缄默着。我用全部的心灵感受着一双无处不在的抚慰之手。那样的手，那样的温热，此生已然别过，为何会在这一刻悄然相逢？

大海，无边无际，消释一切，包容所有。多少日子了，我一个人沉陷在深不见底的黑夜。我一个人踽踽而行在和黑夜一样面孔的白昼。这么多的狰狞，我无力逃避。我以为我再也看不见风景了，一抹光线就刺得我眯上了眼睛，一丝声响就让我的耳膜轰轰作响。可大海千军万马般奔腾而来，大海就这么静悄悄地，像一场不期而至的好睡眠站到了我的眼前。大海让一个刚刚痛失母亲的人，失而复得了唯有在母亲面前才能感到的大欢喜、大善意和大委屈。

海岸线上，万道霞光，一轮崭新的日出。生命的登场有着如此磅礴的欢喜，如同它谢幕时庄严的静穆。我仿佛就这样谛听到了我的真实。抖落纷纷扰扰的言说，沉没到缄默的深处、意念的深处，我终于触摸到了我的真实。我的真实和我面面相觑，如赤子晤面，天籁交响。一个声音说，孩子啊，你怎么敢说你饱经沧桑？你正在路上，你失去了太多，必将还要失去，你必将不断地被馈赠，被壮大，被丰盈。

海纷至沓来。好风景纷至沓来。是的，我正在路上，我注定还要和更多的将来，更多的感动狭路相逢。譬如，在永兴岛，观摩中国最南端只有 27 名孩子的永兴学校升国旗。当 7 个高低不齐的小学生向着朝阳中冉冉升起的五星红旗举手行礼，20 个学龄前幼童仰起的粉嘟嘟的小脸随着嘹亮的国歌声越仰越高时，我的泪水，是以撞击般的力度喷涌而出的；譬如，徜徉在新中国成立以来总面积最大、年龄最小的地级市三沙，海南收复西沙纪念碑、日本炮楼、设市纪念碑、将军林、石岛老龙头这些别样的景点接踵而至，总是让人浮想联翩，心血滚沸；譬如，在永兴社区的渔民定居点，听老伯细述往日沧桑，看渔女描绘未来愿景，实地考察海南 30 年来在经济发展、文化建设、生态保护上突飞猛进的变化，从而深刻领略中国作协庆祝改革开放 40 周年主题采访活动的重大意义和深远影响；譬如，与一名年轻的执勤战士无言相视，他的后面，天高海阔，椰林婆娑。他的前面，三角梅的艳红蓬勃得就像要泼洒出去一样，仙人掌撑着一蓬蓬傲人的油绿，而鸡蛋花兀自安静着，一瓣一瓣地绽放着馥郁的洁白。小战士的脊梁是笔挺的，目光是沉静的，脸色是黧黑的，黑得像是所有的阳光都灿烂在他的眉眼间。那一刻，他是一幅画，镶出了我心中的岁月静好。

巨大的感动如潮汹涌，退去又来。海湾。峭岩。那波浪的闪光和阴影。那海鸟的低飞和高鸣。那野花般四处斑斓的五彩石，我捡到了最笨拙最美丽的一只。白玉似的海螺送来呢喃的声息，一波一波，是此时此刻的大海，却又是无穷远的远方。

我是一个藏人，海是渗透在我的血脉基因中的记忆。喜马拉雅是从海里长出来的，我喜爱的红珊瑚，缠绕在颈间腕上，水一般流泻着它曾游弋海底的美丽的前生。面对海，我从来无法抑制我的欢喜，我的沉醉。我从来难以安放我的肆意，我的飞扬。我见过的海很多，从北中国到南太平洋，从胶东半岛到三亚湾的椰风丽日，但从来没有哪一处像眼前之海，只让我潸然无语。我经历过的泪水很多，但没有哪一次像此刻一样让我豪迈，让我壮阔，让我如此深切地感受到作为一个中国人的血脉搏动：这是我的国家的领土，这是我的祖国的疆域，无论我生在何方水土，无论我身受何地滋养，眼前这一片海，海上的这每一座岛，岛上的这每一片礁，都与我痛痒相关。

从来没有这样的时刻，我从小小的身体里感受到自己的宏大。我伸出手，以海水的呼啸声，以阳光中湿漉漉的空气声，触摸那个大我。我终于让全部的风朝向自己，不再躲闪。

西沙。中沙。南沙。陷入无可救药的失语的境地，我只能一遍遍喃喃这些简单的地名。又一阵猎猎大风中我身姿摇曳如一缕水草，又一波浪花打湿了我的裙裾，一块尖耸的礁石在我的白衫上留下了苔绿的印迹，恍惚中，我终于确证了我的到来。这一片天，这一片海，这星子般璀璨风情的群岛，在恍如隔世的童年记忆里，它们是老师布置背诵的课文，是放学路上高声吟唱的歌曲。如今，当我乘风破浪来到它们面前，当我以中年的声音再次念出它们时，我呢喃的样子分明是在细数家珍。

灯塔。雷达。岗哨。当港口慢慢驶离，此岸又成彼岸。一棵高高的椰子树，以最经典的南海姿势定格到了我的眼睛中。我面向前方之海，不再回望那些寂寞的挺立，坚强的守卫。离别即是天涯，我知道我已把这片海天不凋的容颜，不屈的宣言，一笔一画都镌刻进了眷恋的心版。

很大的风。风从海上来，吹起了无穷大无穷远的蔚蓝。海蓝到剔透如镜，蓝到深不见底，仿佛全世界的蓝都集中在这里，仿佛这无边无际的海域也盛不下这许多的蓝，眼看着这蓝冲溢到了天边，眼看着这蓝侵占了全部的天空，海天终于一色，海天终于蓝到让我轻轻哭泣。

2018年10月的痛。11月的痛。我已经历的，还要经历的，

走出巴颜喀拉

此生此世所有的痛啊，终于在中国南部一碧万顷的长风中，哭出了海也似的泪。

南海之蓝，这倾世绝色的蓝，难道除了泪水，还会有什么词语，什么修辞，能描摹对你的膜拜和感恩？南海之风，这母亲的手一般的抚慰和庇佑，难道除了泪水，还会有什么语言，什么表达，能尽述对你的热爱和信念？

天空祥云成水，一场湛蓝的太阳雨似是飘飘洒洒的挽留。而我，悄然离去。从此，纵是万里遥望，心亦归人。